성지 그리고 폐허

성지 그리고 폐허 <small>(개정판)</small>

저 자 | 유영춘
발행자 | 오혜정
펴낸곳 | 글나무
주 소 | 서울시 은평구 신관2로 12, 912호(메이플카운티2차)
전 화 | 02)2272-6006
e-mail | wordtree@hanmail.net
등 록 | 1988년 9월 9일(제301-1988-095)

2024년 2월 28일 개정판 인쇄 · 발행

ISBN 979-11-93913-00-0 03810

값 15,000원

성지 그리고 폐허

유영춘 시집

* 이 책은 '심음과 거둠'(1995. 9. 20)에서 출판한 초판본의 작품의 오자, 탈자 등을 바로잡고
  일부 수정하여 수록하였습니다.

* 김홍전 목사님의 서문 육필 원고는 그대로 싣습니다.

* 작품해설 및 서평의 인용은 개정판을 반영하여 수정하여 싣습니다.

　　유영춘 시인이 머지않아 그의
시집을 내어놓으리라 한다 대단히
반가운 소식이다.

　　그는 이 시집에서 그의 애독자들을 그의
독특한 시의 세계로 초대할 것이다

　　거기서 그는 그가 가진 보화를 여러분들과
더불어 나눌 것이다
특히 그가 팔레스타인과 중동지역을
여행하였을 적에 고적과 폐허의 돌더미들과
거치른 고분들과 혹은 아득한 옛날의
발거름이 지나갔던 자리에 이르렀을때에
이 시인은 그것들을 보고, 느끼고, 그리고서 읊펐던
것이다

　　이러한 시에서 폐허가 되살아날뿐 아니라
거기에 성경 지식이 깊은 경건한 신앙가인
시인의 모양이 떠오름을 본다

　　　　　　　　　　1994年11月7日 金弘全

어느 가을 코스모스 흐드러지게 핀 길을 따라 김홍전 목사
님과 김가일 사모님을 모시고 수안보 여행을 하였다. 충주호
숫가에서 시를 읽어 드리니 기뻐하셨다.

그 후 《성약출판소식》에 시를 연재하기 시작하였다.

1994년 여름 김홍전 목사님과 김가일 사모님, 최낙재 목
사님을 모시고 남설악 오색을 찾았다. 오색의 밤이 깊도록
김홍전 목사님께서 신학, 음악, 시를 강론하셨다.

"시인의 생활은 단정하고 고결해야 한다."

"시는 사상, 신학보다 더 높은 경지다."

"시는 음악으로, 미술로, 그리고 문자(시)로 표현된다."

김홍전 목사님께서 그날 밤 시집 발간을 권하셨다.

1995. 8.

성지 그리고 폐허 초판을 낸 후 어느덧 30년이 지났습니다. 간혹 "시집이 있는가?" "재판 인쇄를 하면 좋겠다"는 의견을 주시는 분들이 있었습니다. 그분들의 뜻을 존중하는 것이 좋을 것 같고, 새로운 독자들에게 드리고 싶어 재판을 발간합니다.

초판 시를 조금 다듬어 보았습니다. 몇편의 시를 더 보태기도 하였습니다.

36년이 지난 지금도 여행의 기억이 생생하고 뚜렷하지만 여행 당시(1988), 시집을 내려고 시를 쓰던 때(1994), 다시 시를 다듬고 있는 오늘(2024)의 시정신을 이끄는 힘은 오직 하나님 말씀 성경이었습니다.

재판 정리를 하여준 조카 오혜정 박사, 화가 유진광 아들 고맙습니다.

2024. 2.

Rome

Athens

Corinth

여정 (1988. 7. 13 ~ 8. 3)

서울(7.13) — 동경(7. 13) — 카이로(7. 14) — 홍해(7. 15) — 시내산(7. 16) — 사해(7. 17) —
예루살렘(7. 18) — 여리고, 요단강(7. 21) — 갈릴리(7. 21) — 가이샤라 빌립보(7. 21) — 나사
렛, 갈멜산, 가이샤라(7. 22) — 텔아비브(7. 23) — 아테네, 고린도(7. 23) — 밧모섬(7. 24) —
에게해(7. 25) — 에베소(7. 26) — 바묵갈레(7. 27) — 사데, 버가모, 서머나(7. 28) —
가바도기아(7. 29) — 다소, 안디옥(7. 30) — 이스탄불(7. 31) — 로마(8. 1) — 제네바(8. 2) —
런던(8. 3) — 서울(8. 4)

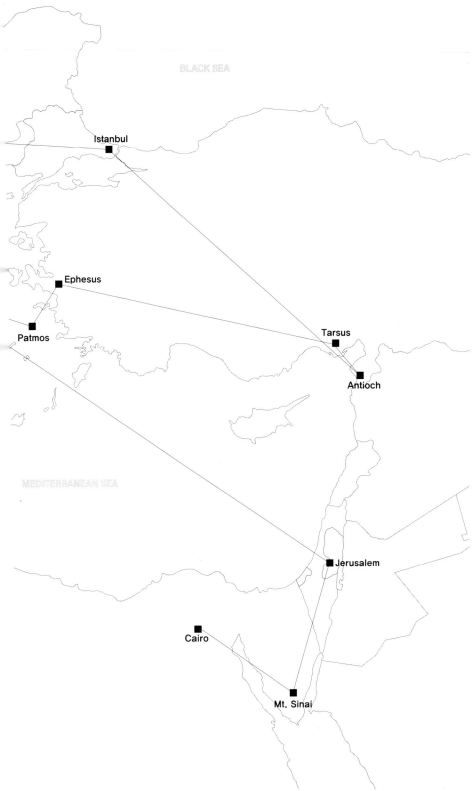

차
례

성지 그리고 폐허

하나님이 가라사대
이리로 가까이하지 말라
너의 선 곳은 거룩한 땅이니
네 발에서 신을 벗으라.

(출애굽기 3:5)

序: 성지 그리고 폐허

갈대아 우르를 떠나 지시하는 땅으로

아브라함이 단을 쌓던 벧엘

이삭을 드리던 모리아 산

야곱과 열두 아들이 나그네로 살던 고센

바로의 노예가 되어 신음하던 애굽

모세가 신발을 벗던 거룩한 산, 호렙산

모세에게는 길을, 바로의 군대는 삼켜버린 홍해

40년이나 헤매던 시내 광야

십계명을 주신 시내산

유황불이 내리던 소돔 고모라, 사해

선민 역사의 종말, 맛사다

거룩한 성전이 있던 예루살렘

예루살렘의 멸망을 두고 우시던 감람산

우리의 죗값을 치르시던 골고다 언덕

LOGOS의 성육신, 베들레헴

세례를 베풀던 요단강

주께서 거니시던 갈릴리호숫가

주는 그리스도이시오!, 가이사랴 빌립보

사도들의 피와 땀과 눈물이 흐르던 이방
일곱 교회, 에베소·서머나·버가모·사데·두아디라·
빌라델비아·라오디게아
바울의 옥중서신을 받은 골로새
소년 바울이 뛰놀던 고향, 다소
이방 선교의 전초기지, 안디옥
바울의 땀과 눈물과 피가 흐르던 에게해, 고린도, 아덴,
요한계시록, 밧모 섬

초대 교회 성도들의 눈물과 피가 흐르던 콜로세움
미치광이 네로를 피하여 들어간 공동묘지 카타콤
중세 암흑을 걷어낸 횃불이 훨훨 타오른 제네바
잘 다듬어진 신앙고백의 산실, 웨스트민스터 사원

시간 공간을 넘어 거룩한 통치를 받던 하나님 나라
아브라함, 이삭, 야곱에게 주신 언약을 기억하며
모세, 여호수아, 기드온, 사무엘의 충성을 되새기며
착한 왕, 다윗·솔로몬·히스기야·요시아를 만나고
선지자, 엘리야·예레미야·이사야·다니엘을 만나고

예수 그리스도의 사도, 요한·베드로·바울을 만나고
천년 암흑에 횃불을 밝힌 칼빈을 만나고 왔다
그 얘기를 여기 적는다

24일 동안의 긴 여정, 찾아간 곳은 모두
거룩하신 하나님의 통치가 임하였던 성지(聖地)였다
그러나 그 성지 어느 곳에도
거룩하신 하나님께서
임재하신다는 증거가 없었다
하나님 말씀은 외면되고 그곳 사람들은
"하나님? 하나님이 누군가?" 하는 눈빛이었다

하나님의 거룩하신 통치가 임하던 땅을 돌아보며
주님의 통치를 외면하는 폐허(廢墟)를 돌아보며
오늘의 성지 서울 한 모퉁이 셋방에 임(臨)하시는
주님의 거룩하신 통치를 찬송하고 또 찬송하였다

* 성지(聖地) : 거룩하신 하나님의 통치가 임하는 땅
* 폐허(廢墟) : 하나님의 말씀과 통치가 떠난 땅

▼

記
:
:
:
:
:
:
:

하나님의 거룩하신 통치가 임하던 땅에서 걷고 보고 느끼고 배우는 여행은 매우 감동적이고 독특한(unique) 여행이었다.

옛 성도들에게 비추시던 빛.
주께서 친히 임하시어 통치(統治)하신 역사. 고난과 핍박을 받던 현장.
사도들이 복음(福音)을 들고 다니던 길, 교회가 섰던 곳을 돌아보면서 지금도 그 땅들이 성지(聖地)로 남아 있으면 얼마나 좋을까? 하는 생각을 하고 또 하였다.

지금은 폐허가 되어 버린 폐허순례(廢墟巡禮)를 하면서, 하나님께서 "나는 너희의 하나님이 되고 너희는 나의 백성이 되리라"는 말씀이 얼마나 귀하고 복이 되는 말씀인가를 생각했다.

또한 하나님의 통치를 감사하며 오늘의 하나님 나라, 교회(教會)를 세우시고 다스리시는 뜻을 배우고 다녔다. 그 여정은 길고 힘이 들었으나 새로운 세계, 새로운 감동, 새로운 지식이 항상 새 힘을 주었다.
여정의 길목마다 보고 느끼고 배운 것을 여기 적는다.

ISRAEL

선민 이스라엘

네 이름을 다시는 야곱이라 부를 것이 아니요
이스라엘이라 부를 것이니
이는 네가 하나님과 사람으로 더불어
겨루어 이기었음이니라.

(창세기 32:28)

선민(選民) 이스라엘

여호와께서 아브람에게 이르시되
너는 너의 본토 아비 집을 떠나
내가 네게 지시할 땅으로 가라(창 12:1)

오직 믿음으로 아브라함은
본토(故鄕) 갈대아Ur*를 뒤로하고
여호와께서 지시하는 땅으로 떠났다
뙤약볕 쏟아지는 뜨거운 자갈길
모래바람 휘몰아치는 사막길
칠흑 어둠을 가르는 맹수들 울음소리
기근 약탈이 도사리는 거친 광야를 걷는
나그네 되어
광야에 장막을 치는 떠돌이 베두인이 되었다
아버지 데라는 하란에서 죽고
조카 롯은 환락의 성 소돔 고모라로
아브라함은 헤브론으로

여호와께서는 아브라함에게 약속하였다
하늘이 뭇별을 셀 수 있느냐?

네 자손이 이와 같으리라
아브라함은 강대한 나라가 되고
천하 만민은 그로 인하여 복을 받게 될 것이라(창 17:17)

백 세 된 아브라함에게 아들 이삭을 주셨다
속으로 웃던 사라에게 이삭을 주셨다
아브라함은 믿음의 조상이 되었다

모리아 산을 오르며 이삭은 물었다
"번제(燔祭)할 어린 양은 어디 있나이까?"
"하나님이 자기를 위하여 예비하시리라"
아브라함은 이삭을 결박하여 나무 위에 놓고
칼로 이삭을 잡으려 하였다
여호와이레
여호와의 산에서 준비되리라
뿔이 수풀에 걸려 있는 숫양 한 마리

이삭은
우상에 절어 있는 가나안 딸은 마다하고

머나먼 아버지 고향 메소포타미아
물 긷던 처녀 리브가를 아내로 데려왔다
리브가는 이스라엘(야곱)을 낳고 열두지파 할머니가 되었다
이삭은 하늘의 별과 같이 바다의 모래같이 많은
이스라엘의 아비가 되었다

그러나
곁길로 가는 이스마엘과 에서
이스마엘은 애굽 여자와 가나안 딸들을 아내로 삼고
활 쏘는 자, 싸움을 잘하는 사람이 되었다
하나님 없이 사는 부랑자(浮浪者)가 되었다
에서는 아브라함의 하나님 이삭의 하나님을 잊고
장자의 명분을 경홀히 여기고 사냥만 하러 다녔다

얍복강가에서 야곱은 천사와 씨름하였다
환도뼈가 부러지도록 밤새도록 씨름하였다
할아버지 아브라함에게 주신 언약을
아버지 이삭에게 내리신 복을
받으려고 안간힘으로 매달렸다

마음을 다하여 목숨을 다하여 뜻을 다하여
하나님의 사자를 붙잡고 놓지 않았다

네 이름을 다시는 야곱이라 부를 것이 아니요
이스라엘이라 부를 것이니
이는 네가 하나님과 사람으로 더불어 겨루어
이기었음이니라(창 32:28)

야곱은 밧단아람 외삼촌 라반의 양을 길러 주고
라반은 야곱에게 레아 라헬 빌하 실바를 아내로 주었다
라반의 딸 넷은 이스라엘 열두지파 어머니가 되었다
하늘의 별과 같이 바닷가 모래같이 많은 이스라엘의
어머니가 되었다

여호와께서 이스라엘(야곱)에게
열두 명이나 되는 아들(열두지파)을 주셨다
열두 아들은 아들을 낳고 그 아들은 또 아들을 낳았다
　요셉, 모셉, 여호수아, 기드온, 사무엘을 낳고
　다윗, 솔로몬, 여호사밧, 아사, 히스기야, 요시야를 낳고

엘리야, 엘리사, 이사야, 예레미야, 다니엘을 낳았다

열한 번째 아들 요셉은 꿈을 꾸었다
요셉의 꿈 이야기는 형들을 분하게 하여
형들은 요셉을 죽이려다 미디안 상인에게 팔고,
미디안 상인은 요셉을 보디발에게 팔고,
보디발 아내의 유혹에 넘어가지 아니하니
보디발의 아내는 요셉을 감옥으로 보냈으나
억울한 감옥살이 누명을 벗고
애굽 큰 나라 만인지상(萬人之上) 총리가 되어
흉년을 피하여 온 형들을 만났다
여호와를 사랑하는 요셉은 마음이 넓은 사람
요셉은 쩔쩔매는 형들에게 말하였다

나를 애굽에 보낸 사람은 형들이 아니오
하나님이 우리의 생명을 구하시려고
나를 미리 보내셨다오(창 45:5)

이스라엘은 애굽 고센 땅에서 창성한 민족이 되고

요셉을 알지 못하는 바로 왕은
중다(重多)해진 이스라엘이 무서워졌다
이스라엘의 하나님이 두려웠다
중노동을 시켜 허약하게 만들려고 했으나 헛수고
이스라엘 사내아이는 모두 죽이라
갈대 상자에 담긴 채 흘러가던
아기 모세를 구원하신 여호와는
궁전에서 공주의 손에 자라게 하였다
학문을 익히고 지도자의 소양을 갖추게 하였다

민족주의자 모세가
애굽 사람을 때려죽였다
히브리 사람이 감히 애굽의 시민을 죽이다니
궁전을 빠져나와 도망하는 인생이 되어
광야에서 유리방황하는 인생이 되어
기나긴 40년 미디안에서 양치기가 되었다
왕궁에서 호화롭던 모세
누더기 걸치고
맨발로 자갈길을 걷는 양치기 되어

하릴없이 늙어 갔다
아상(我相)을 버리는 신앙인이 되었다

양 떼를 거느리고 호렙산에 이르매
'I am who I am' 여화와께서
떨기나무 가운데서 하시는 말씀
너의 선 곳은 거룩한 땅이니 네 발에서 신을 벗으라
너를 바로에게 보내어 너로 내 백성 이스라엘 자손을
애굽에서 인도하여 내게 하리라(출 3:10)
인생을 새로 배워 겸손해진 모세
지도자의 길을 사양하였다
어눌한 모세는 자꾸 핑계를 대었다
내가 누구관대 이스라엘 자손을 인도하며,
나를 보내신 분은 누구라 말하리이까?
나는 입이 뻣뻣하고 혀가 둔한 자입니다(출 3:11-13)
하나님께서는 권능의 지팡이를 주시며
나는 여호와, 곧 스스로 있는 자라
I am who I am
나는 아브라함의 하나님,

이삭의 하나님, 야곱의 하나님이라(출 3:14)
여호와께서 모세에게 권위를, 지팡이를 쥐어주시며
죄악과 흑암의 땅 애굽에서 이스라엘을 건져 내라
강물에 흘러가던 모세를 건져내신 여호와는
흑암으로 흐르는 인류의 강에서
모래보다 많은 백성을 건져내었다
홍해를 가르시어 이스라엘이 건너게 하셨다
바다를 만드신 하나님이 잠깐 바다에 길을 내었다

이스라엘은 시내 광야에서
사람의 힘을, 말(馬)의 힘을 뽐내는 애굽을 버리고
닥지닥지 달라붙은 애굽 먼지를 털어버리고
40년 동안 애굽을 훌훌 털어버렸다
켜켜이 쌓은 돌덩이보다 많은
사람 목숨 위에 세운 피라미드
죽음이 도도히 흐르는 애굽에서 이스라엘을 건져
하나님께서 통치하는 백성이 되게 하셨다
나는 너희의 하나님이 되고
너희는 나의 백성이 되리라

모세가 신을 벗던 거룩한 시내산에서
여호와께서 크신 계명을 주셨다
하나님의 법을, 찬란한 빛을 주셨다
그때 주신 법은 오늘도 유효하다

하나님의 군대 이스라엘 여호수아 장군
가나안 죄악을 청소하였다
하나님을 멀리 떠나
바알, 다곤, 아세라 우상을 섬기는
죄, 악, 어둠이 가득한 가나안
사람의 근본을 잃고 어둠에서 허우적이는 가나안
인류 역사에서 지워버려라 쓸어버려라
땅을 더럽힌 더러운 사람들
가나안, 헷, 브리스, 기르가스, 아모리, 여부스
족속들을 쓸어내고
하나님께서 통치하시는 율법을 지키는 나라
깨끗한 백성들이 사는 나라
온 세상 사람들 따라오게 하려고 Israel을 세우셨다

아브라함을 부르시던 때부터 세례 요한까지
이삭 야곱 요셉 모세 여호수아
사무엘 엘리야 엘리사 이사야 예레미아 다니엘
다윗 솔로몬 아사 히스기야 요시야
2천 년 역사를 친히 세우시고
하나님 나라 선민역사를 다스렸다
천하 만민이 복을 얻는 길을 내셨다

드디어 젖과 꿀이 흐르는 가나안 입성
아브라함에게 약속하신 날부터 5백 년
하루도 잊지 않으신 하나님
하늘의 별처럼 바닷가의 모래처럼
하나님의 백성들을 창성(昌城)하게 하시고
애굽 종살이 벗어나 홍해를 걸어서 건너라
뒤쫓아오는 바로의 군대는 수장시키고
시내 산 아래에서
"나는 너희 하나님이 되고
너희는 나의 백성이 되리라"
하나님나라 건국을 선포하였다

한 달이면 족히 입성할 수 있었던 가나안
2m 장신 아낙 족속이 버티고 있어도
여호수아 갈렙 눈에는 허수아비로 보이는데
정탐꾼 열 명은 기겁하고 애굽으로 돌아가자
홍해를 가르고 길을 내신 여호와를 잊고
눈먼 봉사처럼 시내 광야를 이리저리 40년
물 달라, 고기 달라, 애굽으로 돌아가자
모세의 속을 썩인 자들 모두 광야에서 죽고
분통이 터진 모세마저 죽고 말았다

만군의 여호와께서
견고한 여리고성 나팔 소리로 무너뜨리고
아모리 연합군은 우박으로 박살내고
하솔의 연합군은 불살라버리시니
여호수아 갈렙 새세대는 손쉽게 가나안 입성
젖과 꿀이 흐르는 가나안을 주신 까닭은?
잘먹고 잘살라고?
시내산에서 주신 율법을 잘 지켜라

하나님 나라를 세계만방에 선포하라

그때에 이스라엘에 왕이 없으므로
사람마다 자기 소견에 옳은 대로 행하였더라(삿17:6)
어찌 왕이 없다고 하는가?
세상에 여호와 하나님처럼
의롭고 선하고 백성을 사랑하는 왕이 있는가?
만왕의 왕 하나님께서
친히 너희의 왕이 되어주시겠다는데
여호와의 목전에 악을 행하고 하나님을 떠날 때마다
호시탐탐 노리던 미디안 블레셋이 침략할 때마다
옷니엘 드보라 기드온 입다 삼손이 등장
사사가 지도하는 동안 잠시 평안한 이스라엘

너는 칼과 창과 단창으로 내게 오거니와
나는 만군의 여호와의 이름 곧 네가 모욕하는
이스라엘 군대의 하나님의 이름으로 네게 가노라(삼상
17:45)

감히 하나님의 이름을 모욕하는 골리앗
그의 용맹 앞에 아무도 나서지 못할 때
소년 다윗이 돌멩이로 구척장신 골리앗을 쳐 죽였다
여호와의 이름으로 처단하였다
사람의 힘을 뽐내는 골리앗을 처단하였다
인류역사에 〈다윗과 골리앗〉이라는 명언을 남겼다

천하무적 골리앗을 때려죽이고
이스라엘을 건국한 다윗은
영토를 나일에서 유브라테스까지 확장
크고 작은 나라들이 조공을 바치는 강대국
다윗은 구약성경의 중심인물
사무엘서 열왕기서 역대서 다윗의 행적이 120쪽
시편 150편 반 이상을 지은 시인이요 음악가
다윗왕은 이스라엘 역대왕들의 평가표준
"그 조상 다윗의 모든 행위와 같이
여호와 보시기에 정직히 행하여-"

지혜의 대명사 부귀의 대명사 솔로몬
솔로몬 재판은 3천 년이 지났는데 여전히 명판결
잠언 3천을 짓고 노래 1천을 짓고
요즘 말로 신학 철학 정치학 생물학의 석학
그와 식솔들의 하루 양식은 어마어마했다.
밀가루 90석, 소 30마리, 양 1백 마리, 사슴, 노루, 새
후비 7백 명, 궁녀 3백 명의 사랑을 받고
40년 정적(政敵)도 외적도 없는 태평세월 누리고
성전을 짓는 영광을 얻은 왕이라
그런데 그런데
인생의 모든 것을 가졌고 누렸던 솔로몬이 고백하기를

"헛되고 헛되며 헛되고 헛되니 모든 것이 헛되도다 사람이
해 아래서 수고하는 모든 수고가 자기에게 무엇이 유익한고
한 세대는 가고 한 세대는 오되 땅은 영원히 있도다(전1:2)

너는 청년의 때 곤고한 날이 이르기 전 너의 창조자를 기억
하라(전12:1)

일의 결국을 들었으니 하나님을 경외하고 그 명령을 지킬지어다 이것이 사람의 본분이니라 하나님은 모든 행위와 모든 은밀한 일을 선악 간에 판단하시리다"(전12:13)

다윗의 길을 따르라
솔로몬의 가르침을 따르라
지팡이로 가리키고 짚어주어도
패역의 길로 빗나가는 이스라엘
곁길로 가지마라 막대기로 다스려도
인자와 자비를 베풀고 또 베풀어도
또 빗나가고 또 범죄하고 또 달아나니
그래 네 멋대로 살아보아라 버리시니
호시탐탐 노리던 승냥이 사자가 삼켜버린 이스라엘
BC721 앗시리아가 북이스라엘을 삼켜버리고
BC587 바벨론이 성전을 허물고 성전의 기명을 싸들고
노예로 쓸만한 4천 6백 명을 포로로 잡아갔다

이사야가 아무리 가르치고 외쳐도
목이 곧은 이스라엘 듣지 않더니

울며불며 통곡하며 질질 끌려갔다 바벨론으로

"하늘이여 들으라 땅이여 귀를 기울이라
여호와께서 말씀하시기를
내가 자식을 양육하였거늘 그들이 나를 거역하였도다
소는 그 임자를 알고 나귀는 주인의 구유를 알건마는
이스라엘은 알지 못하고 나의 백성은 깨닫지 못하는도다"
(사1:2)

포로가 할 수 있는 일은 무엇인가?
억지로 시키면 하고, 때리면 맞고, 굶기면 굶을 수밖에
노예들 하루하루는 짐승도 견딜 수 없는 하루하루
나부꼬 '히브리노예들의 합창'을 부를 수나 있었을까?

이스라엘을 억압하던 바벨론
페르시아 고레스왕에게 망하여 사라지고
"여호와께서 세상 만국을 나에게 주시고
예루살렘 성전을 지으라 하셨다"
고레스왕 즉위 즉시 공포하고 조서(詔書)를 내렸다

포로 생활 70년 만에 돌아와 성전을 지었으나
그들에게는 왕도 선지자도 없는 3백 년
페르시아 헬라 이집트 로마의 속국이 되어
이스라엘의 정체는 찾을 수 없고
거짓 선지자들이 득실거리는 이스라엘
바리새인 사두개인 서기관 장로들 제각각 딴소리
확실하게 그려진 이사야 53장의 메시아는 안중에 없고
성경에 없는 그릇된 메시아 만들어 딴소리
유대인들이 바라는 메시아는 누구인가?
다윗처럼 이스라엘을 최강국가로 만드는 분이라야
그러니 참 메시아를 몰라보고 십자가에 못 박고
2천 년이 지난 오늘도 정경(政經) 메시아를 기다린다

*Ur(우르) : 이라크 남부 유프라테스강 가까운 곳에 있던 수메르의 도
  시 국가. 남부 메소포타미아에 위치한 고대 바벨론의 성읍으로 아브
  라함의 옛 고향이며, 하나님의 소명을 받은 곳

애굽을 벗어나다(EXODUS)

나일강가에서
피라미드
홍해를 건너
시내 광야
시내산

나는
너를 애굽 땅, 종 되었던 집에서 인도하여 낸
너의 하나님 여호와로라
너는
나 외에는 다른 심들을 네게 있게 말지니라.

(출애굽기 20:2-3)

나일강가에서

먼 데 밀림에서
순한 동물들 사나운 짐승들 머금다 남은 물
숲속의 까만 아이들 멱 감던 냇물 흐르고 흘러
도도히 흐르는 큰 강 나일강이 되었다
먼 옛날
나일강변 곡식을 구하러 왔던 아브라함
애굽의 만인지상(萬人之上) 아브라함 증손자 요셉
갈대 상자에 담긴 채 흘러가던 모세
피난 오신 아기 예수
기나긴 역사를 싣고 유유히 흐르는 나일강가
4천 년 먼 훗날 KOREA 나그네
강물 위에 펼쳐지는 환영을 바라본다

만드신 그날부터 흐르라 하시니
오늘도 흐르는 나일강
모세를 건져 내신 여호와께서
죄악이 흐르는 강에서
얼마나 많은 사람을 구원하셨는가
아브라함 야곱 요셉 모세를 건져 내시더니

오늘도 죄악의 강에서 허우적이는 사람들 건져 내어
하나하나 말끔하게 씻어 준다
모세가 흘러가던 강물은 오늘도 흐르고 흐른다

피라미드

사막 위에 피라미드가 거대한 몸으로 서 있다
사람들의 역사 안에서 큰 몸을 꿈쩍도 안 하고
사람들의 역사가 끝나는 날을 기다리며 서 있다
이원론 인생관을 가진 이곳 사람들은
　　죽음은 기다림이었다
　　죽음을 위해 살았다
그래,
죽을 사람의 집을 산 사람들이 지었다
죽음의 집을 지으며 산 사람들이 죽어 갔다

저기 쌓인 돌의 수보다 많은
사람들의 목숨을 쌓아 올린 피라미드
해 뜨는 아침부터 해 지는 저녁까지
소년 때부터 허리 고부라지는 늙을 때까지
돌덩이를 나르고 다듬고 쌓느라 인생을 버리는
죽은 시체 하나 묻으려 어마어마한 돌무덤을 만드는
인간의 무지와 죄악을 차곡차곡 쌓아서
5천 년 동안이나 보여 주고 있는 피라미드

사막 위에 우뚝 서 있는 피라미드는
인간의 무지, 거대한 죄악의 덩어리다
결코 위대한 유산도 걸작도 불가사의도 아니다
아무것도 아니다 돌무덤이다
피라미드는
언제까지 거기 거대한 몸으로 서서
인간의 무지와 죄악을 차곡차곡 쌓은
모습을 보여 줄 것인가?

▼

記
⋮
⋮
⋮

〈이집트, 나일강, 피라미드〉

　서울에서 이집트까지 비행시간 18시간, 도중 기착지 동경, 마닐라, 방콕에서 쉬는 시간 2시간씩, 꼬박 24시간이 소요되었다.

　태양이 가는 쪽으로 비행기는 날아갔으나 해는 멀리 달아나고 비행기는 어둠 속을 날아 카이로에 도착하니 어느새 태양은 지구를 한 바퀴 돌아 우리보다 먼저 카이로에 와 있었다. 해 돋는 아침이었다.

　카이로는 무질서, 혼돈의 회색 도시. 인류 역사(人類歷史) 최고(最古)의 유적이 있는 땅, 오랜 역사를 가진 나라의 모습이 매우 황폐한 꼴이다. 우리 한국의 1950년대 모습이란다.

　인구의 80%가 회교도들이라 만사가 '인슈알라'(알라신의 뜻)라는 운명론자들이다.

　나일강은 카이로에서 세 갈래로 흐르는데 한 가닥 강폭은 한강 폭보다 약간 좁다. 카이로를 벗어나면 사방이 사막이다.

　카이로 근교 Giza에 있는 피라미드와 스핑크스를 답사하다. 그 중 케프렌 피라미드(B.C. 2520 – 2490) 내부에 들어가 보니 외관의 거대한 모습에 비해 크지 않은 석실묘가 있다. 이 석실묘(石室墓) 하나를 만들기 위해 30년 동안 거대한 역사(役事)가 있었다니!

　무덤을 만들기 위하여 산 사람들의 인생을 묻어버린 피라미드를 보며 하나님을 떠난 무지와 죄악의 소산을 보았다.

홍해를 건너

홍해를 건너다
하나님나라 백성은 세상 나라에서 살 수 없다
하늘빛 없는 어둠만 가득히 깔려 있는 나라
날마다 채찍으로 때리는 죽음의 나라를 떠나
여호와께서 지시한 땅으로 돌아가는 길

열 번이나 혼쭐이 나고도 고집불통 강퍅한 바로가 쫓아온다
앞에는 깊고 푸른 바다
뒤에는 맹수처럼 달려오는 바로의 군대
어찌하면 좋으리오?
모세에게 지팡이를 들라 하시니
바다가 쫘~악 갈라져 펼쳐지는 널따란 길
이스라엘은 홍해를 걸어서 건너 약속의 땅으로
다시 오므라진 바닷길
바로의 군대는 수장(水葬) 되었다

어떻게 바다가 갈라지나?
바다를 만드신 분이 가르시니 갈라지는 것이다
그것은 신화라고?

그러면
홍해가 거기 있는 것도 신화다
하늘에 별이 걸려 있는 것도
바닷속에 물고기가 숨 쉬는 것도
봄에 꽃이 피고 가을에 열매 맺는 것도
하얀 쌀밥을 먹는데 빨간 피가 나오는 것도
숨을 쉬어야 사는 것도
모두 신화다

미리암이 춤추며 노래하던 해변
너희는 여호와를 찬송하라
그는 높고 영화로우심이요
말과 그 탄 자를 바다에 던지셨음이로다(출 15:21)
감사하리로다
찬송하리로다
홍해 하늘에는 태양이 빛나고
홍해 바닷물은 시리도록 맑다
홍해 맑은 물이 죄악의 때를 말끔히 씻어 준다

시내 광야

여호와께서
낮에는 구름기둥으로 밤에는 불기둥으로
이스라엘 60만 장정과 그 가솔(家率)을 인도하셨다
이스라엘을 따라나선 노예들도 구원하셨다
빨리빨리 지나가야 할 시내 광야
열흘길 시내 광야를 40년이나
이리 갔다 저리 갔다
애굽을 버리는데 40년이나 걸렸다
내려주시는 만나를 먹고 메추라기를 먹으면서도
노예의 멍에를 벗겨준 여호와의 은혜를 잊고
홍해를 가르고 바다 가운데 길을 내신 권능을 잊고
모세의 속을 썩이며 걸었다

시내 광야는 가없는 사막
시내 광야는
　풀이 없고 나무도 없다
　들짐승도, 공중에 나는 새도 없다
시내 광야는
　이글거리는 태양, 까만 돌, 모래만 있다

뜨거운 바람 열풍이 분다

글자로만 읽었던 열풍(熱風)

바람은 시원하고 추웠는데

바람이 뜨겁다

견딜 수 없이 뜨겁다

시내 광야는 사람이 살 수 없는 땅

그 땅에서 40년을 헤매고 헤매다니

여호와께서 가라는 길은 버리고

저-기 가물가물 신기루가 오라고 부르니

구름기둥 불기둥은 보이지 아니하고

신기루만 좇았다

記
: : : : : : : : : : :

〈홍해 건너 시내 광야〉

　카이로를 벗어나 1시간 30분쯤 사막 길을 달리니 수에즈 운하가 나타난다. 운하 밑으로 뚫린 터널(2800m)을 지나서 홍해의 수에즈에서 휴식을 취하다. 홍해는 유리알처럼 맑고 푸르다. 홍해 주변 산에 동광(銅鑛)이 많아 석양을 받으면 바다가 온통 붉게 물든다 해서 홍해(紅海)란다.

　홍해를 뒤로하고 시나이반도를 횡단하였다. 수에즈 운하에서 동쪽 아카바만까지 횡단하는 데 6시간이 걸렸다. 아카바만 건너 동편은 옛날 모세가 망명 생활을 하던 미디안 땅이다.

　시나이반도에는 열사(熱沙) 외에는 아무것도 없다. 멀리 신기루만이 나타났다가 사라지고, 나타났다 사라질 뿐이다. 달리는 버스에서 잠깐 내려서 그 옛날 출애굽 정경을 상상해 보았다. 40년이 아니라 4시간도 버티기 힘든 사막이다. 하나님께서 그들의 생명을 지키지 않으셨으면 그들이 어떻게 이 광야에서 40년을 살 수 있었을까?

　시나이 사막에는 가끔 6일 전쟁(1967년) 때 버려진 탱크와 군용 트럭 잔해가 남아 있어 묘한 기분을 자아낸다. 어느 곳에는 탄피가 널려 있어 당시 전쟁터였음을 말해주고 있다. 이 사막에서 어느 젊은 병사가 아무 이유 없이 죽어갔을 것이다. 왜 사람들은 싸우는가?

시내산

새벽 세 시
    캄캄한 시내산을 오르기 시작
    시내산 하늘에 별이 모두 모였다
    별빛이 캄캄한 산길을 비추어준다
새벽 네 시 반
    정상에 오르다
새벽 다섯 시
    동녘이 붉게 물든다
새벽 여섯 시
    시내산이 보랏빛으로 황금빛으로 빛난다
    태초에 만드신 큰 광명이 어둠을 걷어낸다
    모세에게 비추던 빛을 오늘도 비춰주신다
그때 시내산에 비추신 빛은
어둠의 수렁에서 우리를 건져 밝은 길로
여호와 하나님은
  빛을 주셨다
  말씀을 주셨다
  길을 주셨다

십계명을 주신 까닭은?
하나님께서 우리의 하나님이 되시고
　우리는 하나님의 백성이 되게 하시려고
사람을 창조하신 본래로 되돌리고
　영원한 생명을 주시려고
부모를 공경하고 사람을 존중하고
　이웃을 사랑하게 하시려고
욕심을 버리고 거짓말 아니하고 싸우지 말라고
영원불변의 말씀을 주셨다

▼
記
┊
┊
┊
┊
┊
┊
┊
┊

〈시내산〉

시내산 기슭에 오아시스가 있다. 수목이 울창하지는 않으나 물이 흐르고 야자수가 자라고 있다. 사막은 영화에서 보던 낭만적인 모습이 아니고 생명이 없는 죽음 바로 그것이었다. 죽음의 땅을 건너오니 오아시스의 의미가 진하게 전달된다. 人生들은 罪를 짊어지고 사막을 걷는 나그네. 우리는 오아시스의 생명수를 마시고 있지만 얼마나 많은 인생들이 사막에서 허덕이고 있는가? 그리고 신기루에 속아 헛걸음을 달리고 있는가?

시내산 기슭에 있는 St. Catherin Hotel에서 새벽 3시 시내산을 오르다. 시내산 높이는 2,285m. St. Catherin 수도원 지점이 1528m. 757m를 오르는 셈이다. 새벽하늘에는 무수한 별이 깔려 있다. 별빛으로 길을 찾으며 시원한 새벽 공기를 가르며 시내산을 오르다. 5시경 동이 트고 점차 붉은 빛이 돌다가 차츰 엷은 빛이 나타나고 그 빛이 보랏빛으로 황금빛으로 바뀌는데, 그 빛 아래 드러나는 시내산의 장관. 시내산 정상에서 바라보는 끝없는 산들의 정경은 어찌 아름다운지!

이 산에서 하나님께서 모세를 통하여 크신 계명을 주셨다는 것을 생각하니 뜨거운 눈물이 주르르 흐른다. 하나님께서 친히 그 백성들에게 계명을 주셨다. 이곳 시내산에서.

광야

사해
맛사다
여리고
가나안

여호와에게로서
유황과 불을 비같이 소돔과 고모라에 내리사
그 성들과 온 들과 성에 거하는 모든 백성과
땅에 난 것을 다 엎어 멸하셨더라.
(창세기 19:24-25)

제사장들은 나팔을 불매
백성이 나팔 소리를 듣는 동시에 크게 소리 질러 외치니
성벽이 무너져 내린지라.
(여호수아 6:20)

사해

사해 위에 눕다
어린 시절
　"사해는 과연 있는가?
　　그 바다에 가서 누워 봐야지
　　누워서 책도 읽고
　　흘러가는 구름도 쳐다봐야지" 했던
그
사해 위에 눕다
세상에는 이런 일도 있다
하나님께서는 이런 바다도 만드셨다
파란 사해에
하얀 햇볕이 내리고 고요가 깔려 있다
사해에는
　물고기가 없다
　해초도 없다
　물새도 날지 않는다
　배가 한 척도 없다
사해는 조용하다

전하는 얘기로
이곳은
영원히 죽어 버린 도시 소돔과 고모라
저곳 어느 메에는
롯의 아내가 소금 기둥으로 서 있고
땅은 푹 꺼져 바람도 지나지 않는다
살아 있는 것이 없다
사위(四圍)는 조용하다

지금
소돔과 고모라는 지구촌 곳곳에 퍼져 있다
로마, 뉴욕, 파리, 런던, 홍콩, 동경, 서울
미구(未久)에
지구촌은 사해가 될 것이다

▼
記
:
:
:
:
:
:

〈사해〉

　사해에는 생물이 없다. 그래서 사해(死海)라 한다. 사
해 주변에 염산(鹽山)이 있다. 그래서 사해는 염해(鹽海,
Yamhamelach)라고도 부른다. 사해 지역은 - 398m. 세계에
서 가장 낮은 지면이다. 사해 남부 지역은 너비 50-100m, 깊
이 약 50m, 길이 수십 km로 움푹 패여 있다. 사해 지역은 유황
불에 타버린 소돔 지역이라고 학자들은 말한다. 소돔·고모라 성
을 하나님께서 엎으셨을 때 생긴 골짜기다. 사해 최저 깊이는 약
430m, 모든 물체는 가라앉지 않는데, 해심(海深)을 어떻게 재
었을까?
　사해 바다에 반듯이 누워 보았다. 나의 몸이 나무판자처럼 둥
둥 뜬다. 신기하다. 반듯이 누워서 푸른 하늘을, 밝은 태양을 바
라보았다. 세상에는 이런 일도 있다. 하나님의 솜씨는 기묘할 뿐
이다.

맛사다

빌라도가 말하였다
이 사람의 피에 대하여 나는 무죄다(마 27:24)
백성들이 외쳤다
그 피를 우리와 우리 자손에게 돌리라(마 27:25)
자손들 그 피값을 치르느라 유리방황 2천 년
멸시 천대받는 종족으로 2천 년
악마 히틀러에게 아무 소리도 못하고 6백만이나 학살당하고
겨우 정신을 차리고 2천 년이나 지난 옛 땅을 내놓으라니
지구촌의 화약고가 될 수밖에

사해 바닷가 맛사다 성(城)터에 오르다
케이블카로 오르고, 다시 철다리를 기어오르다
사해가 내려다보이는 궁터에서 휘휘 둘러보니
아무것도 없다 하얀 땡볕만 쏟아진다
AD70. Rome 황제 티투스는 명령하였다
감히 Rome에 항거하다니 이스라엘을 토벌(討伐)하라
이스라엘을 지켜 주시던 여호와는 침묵하였다
난공불락(難攻不落) 요새 맛사다 성
Rome 병정들 토담을 쌓아 토벌한 맛사다

네 원수들이 토성을 쌓고 너를 둘러 사면으로 가두고

또 너와 및 그 가운데 있는 네 자식들을 땅에 메어치며(눅

19:43-)

처절한 종말의 함성이 들린다

여인네의 처절한 외마디

어린아이들 처참한 울음소리

사람이 세운 종교가 Rome 병정에게 밟히는 소리

그리스도를 못 박은 피값을 치르는 소리

선민역사가 무너져 내리는 소리가 들려온다

그릇된 메시아관이 불러온 선민역사의 끝장(終場)

맛사다

AD 70년 맛사다 성에서 이스라엘 역사는 끝났다

천지를 지으시고 다스리시는 하나님께서

특별히 선택하여

나는 너희 하나님, 너희는 내 백성이라

천하 만민은 아브라함으로 인하여 복을 받게 될 것이라

인류 역사 유일한 복을 주셨는데

아브라함에게 주신 언약을 잊어버리고

애굽에서 건져내신 은혜를 저버리고
이사야의 외침을 듣지 않더니
예레미야의 눈물을 외면하더니
눈멀고 귀 막고 마음이 굳어지더니
정경(政経) 메시아를 기다리더니
메시아 – 예수를 죽이고 말았다
친히 사람으로 오셔서 영생을 주시겠다는데
이 땅에서 잘 먹고 잘 살다 죽는 나라가 되겠다고
예수 그리스도를 죽이다니!
사람이 하나님을 죽이다니!

맛사다
메시아를 십자가에 죽인 죄값을 톡톡히 치른
맛사다

▼
記
∙
∙
∙
∙
∙
∙
∙

〈맛사다〉

　사해 바다 옆에 맛사다 성(城)이 있다. 마카비에 의하여 요새
화(要塞化)됐다가 헤롯왕(B.C. 37-A.D. 4)이 왕궁으로 사용하였
다. 맛사다 성에는 빗물을 받아 만든 저수장, 왕궁, 목욕탕, 곳간
들의 흔적이 남아 있다.

　맛사다는 Rome에 대한 유대인들(the Zealots)의 마지막 항
전장(抗戰場)이었다. 조그만 성에서 3년이나 버티다가 끝내 토
성을 쌓고 올라온 로마 병정들에게 함락된, 이스라엘 역사의 슬
픈 현장이다.

　전하는 얘기로 Rome 군인들이 성에 올랐을 때 여인이 울고
있었는데, 여인은 긴 항전으로 먹을 것이 없어 "어제는 내 아이
먹었으니 오늘은 네 아이 먹는 날이다"는 비참한 얘기를 하였다
고 한다. 요세퍼스(Josephus)에 의하면, Rome와 항쟁 마지막
날 이스라엘 병사들은 항복하지 않기 위해 먼저 가족을 죽이고
제비를 뽑아 서로 죽였다고 한다.

　맛사다에서 이스라엘 선민역사(選民歷史)는 종말(終末)을 맞
았다. 그들은 그릇된 Messiah관(觀)으로 참 메시아를 십자가
(十字架)에 못 박고 말았다. 빌라도 총독이 재판을 주저할 때 어
리석은 이스라엘 민중은 예수를 십자가에 못 박으라 외치며 "피
값을 우리와 우리 자손에게 돌리라" 하였다. 그들이 원한대로
이스라엘은 맛사다에서 망하고, 2천 년 동안 나라 없이 유리방
황하였다.

여리고

예루살렘 동녘으로 백 리쯤
바다보다 250m 낮은 여리고
광야 가운데 오아시스 여리고
물이 많아 목마르지 않는 동네
농사가 잘되고 양들이 잘 자라는 동네
햇살이 따사로워 추위가 없는 동네,

라합이 밧줄을 내리던 성벽은 흙 속에 묻혀 있고
삭개오 오르던 뽕나무 없어진 자리에
종려나무가 찬란한 햇살을 받으며
바람에 잎 갈기를 나부끼고 있다

사람들은 언제부터 성을 쌓았는가?
사람들은 왜 성을 쌓았는가?
양 떼를 데리고 다니며 햇볕을 쬐면서
먼 데서 온 나그네 종려나무 아래 쉬면서
시원한 물을 마시며 살라고
광야 가운데 오아시스를 주셨는데
왜 성을 쌓았는가?

잘 익는 과일을 먹으며

밤하늘 별을 헤며

풀잎에 맺힌 이슬을 노래하라고

광야 가운데 오아시스를 주셨는데

왜 성을 쌓았는가?

성을 높이 쌓고

그 안에서 못된 짓을 하면 감춰질 줄 알았나 보다

성을 든든하게 쌓고 힘센 사람들이 지키면

영구한 도성이 될 줄 알았나 보다

성을 쌓으며 함께 땀 흘리고

흩어지지 말자고 굳게 약속하면

통일이 되는 줄 알았나 보다

여호와는 땅에 있지 않고

하늘에 계신 줄 몰랐나 보다

여호와는 나팔 소리로

성을 무너뜨리시는 분이심을 몰랐나 보다

여호와께서 통치하시는

영구한 도성이 있는 줄 몰랐나 보다

記

〈여리고〉

예루살렘 성에서 동쪽으로 35km 내려가면 광야 가운데 오아시스 여리고. 광야나 사막 가운데서 오아시스는 그 의미가 특별하다. 여리고는 해수면보다 250m 낮은 지역으로 연중 따뜻하여 사람 살기에 편한 지대라 고대(B.C. 5000－6000년)부터 사람이 살았다 한다.

여리고 지역은 성경에 비교적 많이 나오는 성읍이다.

라합이 하나님의 군대를 영접한 성읍, 그 성벽은 여호수아 군대가 하나님의 지시하는 방법으로 나팔을 불고 고함을 지르자 무너져 내렸고,

아합이 하나님의 말씀을 어기고 성을 쌓다가 하나님의 징벌을 자초한 곳이다.

주께서 구속 사역을 완성하기 위하여 갈릴리에서 예루살렘으로 입성하러 가실 때 뽕나무에 올라 간절한 마음으로 주를 사모하던 삭개오를 만나신 곳이다.

여리고 무너진 옛 성터에 서서 옛 성의 자취를 더듬어 보는 나그네의 눈앞으로 종려나무 농장이 넓게 펼쳐져 있다.

가나안

하나님의 형상을 닮은 사람이
눈 멀고 귀 막히고 멍청해지면
짐승도 구별하는 암수를 구별하지 못하고
남자끼리 여자끼리 더럽고 추잡한 동성애에 빠지고
자식을 불 속에 넣으라는 몰렉 우상을 섬기는
하나님을 닮기는커녕 짐승만도 못하게 된다
땅 위에 있을 까닭이 없어지게 되었다
더러운 호흡으로 땅을 더럽히는
헷, 가나안, 아모리, 기르가스, 히위, 브리스, 여브스
모두 인류 역사에서 지워버려야
지구에서 쓸어 내야 했다
소돔 고모라처럼

갈대아 Ur를 떠나 지시하는 땅으로
아브라함은 하늘의 별처럼 많은
천하만민의 조상이 되리라
증손자 요셉이 애굽 총리가 되어
애굽에서 중다(衆多)한 민족 이루어
4백 년 긴 세월 나그네로 살다가

모세에게 지팡이를 주시어 애굽을 벗어나 가나안으로
가나안 가는 길목 시내산에서 율법을 주시고
여호수아는 빗자루로 죄와 악을 쓸어내었다
드디어
여호수아와 열두지파
젖과 꿀이 흐르는 가나안으로 입성
다윗은 성을 쌓고
솔로몬 성전을 지어
천년 세월 열방에 빛을 비추는
거룩한 나라를 세우니
가나안은 거룩한 땅 성지가 되었다

아! 예루살렘

하나님께로부터 하늘에서 내려오는
거룩한 성 예루살렘을 보이니
하나님의 영광이 있으매
그 성의 빛이 지극히 귀한 보석 같고
벽옥과 수정같이 맑더라.

(요한계시록 21:10-11)

예루살렘 I

아 예루살렘!
여호와 하나님께서
그 백성을 친히 통치하시던
거룩한 성전이 있던 동네 예루살렘
억조창생 하나님 백성 죄악의 값을 치르시고
우리가 받아야 할 무서운 지옥 형벌을 대신 받으시어
죄와 사망에서 건져 영생을 주시려고 십자가에 달리셨다

주께서
 거니시고,
  가르치시고,
   피 흘리시고,
    승천하시고,
     교회를 시작하신 동네

하늘에서 낮은 땅에 사람으로 오신 예수 그리스도 하나님을
계시하여 하나님 나라를 알리시려고 구원의 빛을
어두운 세상에 비추시려고 십자가에서 죄
사망 값을 치르시려고 지옥의 형벌을
대신 받으려 로고스 성육신하시어
오신 거룩한 성 예루살렘
아 예루살렘!

예루살렘 II

이사야는 외쳤다
소는 그 임자를 알고 나귀는 주인의 구유를 알건마는
이스라엘은 알지 못하고 나의 백성은 깨닫지 못하도다.
슬프다 범죄한 나라요. 허물 진 백성이요.
행악의 종자요. 행위가 부패한 자식이로다(사 1:3-4)

예레미야는 울며 울면서 호소하였다.
슬프다 이 성이여 본래는 거민이 많더니
이제는 어찌 그리 적막이 앉았는고(애 1:1)

이사야의 외침 소리도 사라지고
예레미야의 눈물도 말라 버리고
여호와의 임재 기억도 가물가물
허물어진 성터 아랍상점이 즐비

주께서 우시며 예루살렘의 멸망을 경고하던 날
그날이 지나고
많은 밤이 지나고
2천 년 밤이 지나면서

예루살렘은 폐허가 되었다
예루살렘에는 돌이 많이 있다
죄 있는 사람에게 던질 돌이 많이 있다
예루살렘은 돌에 맞아죽어 돌덩이만 뒹구는
폐허가 되었다

예루살렘 Ⅲ

거룩한

여호와 하나님께서

성전에 오셔서 통치하시니

예루살렘은 거룩한 땅 성지였다

이제는 하나님께서 오시지도 아니하고

성전은 허물어져 자취만 남아 있는 예루살렘

사람들만 바글바글 순례자의 종교 행사장이 되었다.

336년 Helena가 예수의 무덤 자리에 건물을 세우더니

자리를 차지하려 십자군과 이슬람이 2백 년이나 싸우더니

Roman Catholic. Armenian Coptic. Syrian Abyssinians.

Greek Orthodox. 각 종파들 각축장 자리다툼을 하고 있다

예루살렘 성안에서 더럽게 살던 여부스족 몰아내고 다윗이

통치하니 예루살렘은 거룩한 성이 되었다 솔로몬왕 4년

드디어 성전을 지으라 허락하시니 히람이 가져온

백향목으로 7년 동안 성전을 지어 제사장은

날마다 백성들은 절기마다 예배하던 성전

마음을 다하여 목숨을 다하여 뜻을

다하여 하나님 섬기라 하였는데

이방의 이쁜 여자들이 가져온 우상에 눈이 멀고 넋을
빼껴 성전에 오시는 여호와를 잊고 외면한 이스라엘
을 징계하는 막대기로 쓰신 바벨론이 성전을 허물고
백성들은 끌어갔다 바벨론 포로 70년 만에 귀환 다시
성전을 지었으나 여호와 하나님 떠나시고 다시 찾지
않는 성전 이슬람이 허물어버리고 이슬람 사원을
우뚝 세웠다 빈 껍데기 성전 여호와는 오시지 않고
대제사장 제사장들 이스라엘 백성들은 출입금지
성전을 빼앗기고 성전에 들어가지 못하니 성전 밖
성벽을 쓰다듬으며 유대인들이 울고 있다 통곡의
벽 앞에서 우는 사람 기도하는 사람 경을 읽는 사람
손자 교육하는 사람 갖가지로 옛날을 회억하고 있다
얼마나 원통하고 분통이 터지는가 KOREA 나그네는
그냥 들어가 샅샅이 구경도 하고 사진도 찍을 수있는
데 저 성벽 위에는 거룩한 성전이 있었는데 여호와께
서 기다리셨는데 여호와께서는 영영 오시지 않고 마
호멧 숭배자들이 성전 자리를 빼앗아 자기들 신전을
세우고 유대인들 얼씬도 하지 말라

예루살렘 Ⅳ

선민 역사 끝나고
새로 등불을 켜서
어두운 세상에 비추기 시작한 동네
예루살렘 성(城)에서 교회가 시작되었다

예수께서 십자가 - 부활-승천하시고
보혜사 성령 오순절에 불꽃처럼 내려와
하늘과 땅의 권세 가진 예수의 교회를 세우기 시작
예루살렘교회 성도들
　　서로 사랑의 교제 나누고
　　기도하기를 전혀 힘쓰고
　　모든 물건을 통용하였다

예루살렘교회는 바나바를 안디옥에 보내고
안디옥교회는 바울을 에베소, 고린도, 갈라디아에 보냈다
세계만방에 빛을 비추기 시작하였다
예루살렘을 거니시던 주께서
죽산(竹山)이 기거하는 서울 한 모퉁이 당산동에 오셨다
한강변 미현이네 셋방에 오셨다

하나님께로부터 하늘에서 내려오는 거룩한 성 예루살렘을
보이니 하나님의 영광이 있으매 그 성의 빛이 지극히 귀한
보석 같고 벽옥과 수정같이 맑더라(계 21:10-11)

주 예수께서 다시 오시는 날
영구(永久)한 도성(都城)을 세울 것이다
거룩한 예루살렘 성(城)을 쌓을 것이다

아, 예루살렘! 꿈에 그리던 예루살렘에 오다.

아브라함이 이삭을 드리던 모리아 산이 있던 곳.

다윗이 성을 쌓고 솔로몬에게 성전을 짓도록 허락하신 땅.

하나님의 거룩한 통치가 1천 년 임(臨)하던 거룩한 예루살렘.

주 예수께서 가르치고 기도하고 십자가를 지시고 부활 승천의 현장 성신께서 강림하시고 교회를 시작하신 곳. 세계만방에 빛을 비추기 시작하신 동네. 아, 거룩한 성 예루살렘!

지금은 폐허. 불 꺼진 도시. 정통파 유대인들(Orthodox)이 검은 모자를 쓰고 검은 외투를 입고 걷는 동네. 순례자들 북적대고 아랍 소년들 물건 파는 소리만 시끄러운 시장.

거룩한 성전이 있던 자리는 이슬람 사원(Dom of the Rock)서 있고, 주님을 재판하던 법정 자리는 아랍인 학교가 세워져 있다. 골고다 오르던 길에는 Armenian, Franciscan 그리스정교, 콥틱(Coptic) 가톨릭 건물들이 서 있는 종교 행사장.

골고다 언덕에는 Helena가 세웠다는 성묘교회(the Church of the Holy Sepulchre:336년 Helena 건립)가 옛 역사를 그 아래 묻어 버린 채 서 있고, 주께서 쉬시고 기도하시고 예루살렘의 멸망을 보시고 우시던 감람산은 주기도문교회, 승천교회, 만국교회, 베드로 부인교회(否認敎会) 등의 종교 행사장이 되었다. 하나님의 거룩한 통치가 임했던 거룩한 성(城)의 모습은 흔적도 없다. 종교 행사장이 돼 버린 폐허일 뿐이다.

실로암

기혼샘물이 흘러 흘러
깜깜한 히스기야 수로를 지나
긴 어둠이 끝나는 실로암에 이르면
환한 햇살이 쏟아진다
깜깜한 어둠은 사라지고
번쩍 눈을 뜨고 세상을 볼 수 있다

예루살렘에
하나님의 백성들 옹기종기 모여 살라고
거룩한 통치를 받으며 살게 하시려고
단에서 브엘세바에서 걸어온 나그네
흠뻑 마시게 하려고
사랑하는 백성들 목마를 때 마시라고
시온산 중턱에 기혼샘을 주셨다
펑펑 솟아나는 기혼샘을 주셨다

예루살렘 사람들 마시다 남은 기혼샘물
기드론 골짜기로 흐르더니
히스기야 왕이 물꼬를 성안으로 돌려놓았다

예루살렘 공격하는 사람들 목말라 돌아가게 하려고
바위 속으로 535m 수로를 내었다
기혼샘 맑은 물이 깜깜한 히스기야 터널을 지나
실로암 못에 이르면 물 긷는 여인들 기다리고 있다
실로암 못에 가서 씻으라 하시니
이에 가서 씻고
밝은 눈으로 왔더라(요 9:7)

흑암의 긴 터널을 지나온
사람들 눈을 뜨게 하시던 곳,
실로암 못가에서 주님의 음성을 듣는다
이생의 자랑과 정욕과 재리에 눈먼 자들이여
깜깜한 세상에서 허우적이는 불쌍한 자들이여
죄악의 수렁에서 신음하는 자들이여
진리의 길에서 벗어나 허망한 길에서 헤매는 자들이여
실로암 못에 와서 눈을 씻어라
실로암 못에 눈을 씻고 빛을 보아라

記
∶
∶
∶
∶
∶
∶
∶
∶

〈실로암〉

예루살렘 동쪽 기드론 골짜기 위쪽에 기혼샘이 있다.

B. C.710년 히스기야 왕이 기드론 골짜기로 흘러가는 샘물을 예루살렘 성 안에서 길을 수 있도록 암벽을 뚫어 535m 수로를 내었다 한다. 일명 스데반의 문이라 일컫는 사자의 문에서 500여m 아래쪽에 수로로 들어가는 입구가 있다. 물이 무릎 정도까지 차는데 캄캄한 터널을 전등으로 비추며 물이 흐르는 쪽으로 걸어갔다. 맑은 물이 마음을 시원하게 해준다. 500여 미터 동굴 수로를 걷노라니 재미난 물놀이를 하는 기분이다. 시원하고 서늘하다. 동굴이 끝나는 곳에 이르니 환한 빛이 쏟아진다. 거기가 실로암이다. 캄캄한 어둠을 헤매다 나오니 거기 실로암 못이 있다. 상징적이다.

실로암 못! 주께서 눈먼 자의 눈을 뜨게 하신 곳이다. 얼마나 많은 인생들이 하나님을 잃어버리고 흑암에서 헤매고 있는가? 우리도 그냥 버리셨으면 캄캄한 어둠에서 아직도 헤매고 있을 것이 아닌가? 그때 주께서 눈먼 자의 눈을 뜨게 하신 후 얼마나 많은 사람들의 눈을 뜨게 하셨는가? 캄캄한 어둠 속에서 헤매는 사람들아 모두 와서 실로암 샘물로 눈을 씻으라! 마음에 덕지덕지 붙어 있는 탐욕의 때도 씻어버리고 더러운 세상의 더러운 눈곱을 씻고 맑은 하늘을 아름다운 하늘나라를 바라보라.

감람산

주께서 기도하시며 우시던 감람산
오늘도 감람나무가 천년 연륜으로 서 있다
예루살렘아
예루살렘아
　선지자들을 죽이고
　　네게 파손된 자들을 돌로 치는 자여
　　　암탉이 그 새끼를 날개 아래 모음같이
　　내가 네 자녀를 모으려 한 일이 몇 번이냐
　　그러나 너희가 원치 아니하였도다
보라 너희 집이 황폐하여
버린 바 되리라(마 23:38)

주님의 눈물을 외면한 예루살렘은 망하고
성전 자리는 팔각형 이슬람 사원이 서 있고
통곡의 벽 아래 검은 옷을 입고 검은 모자를 쓴
정통파 유대인들이 울고 있다

갈람산 기슭에는
예수승천교회가 이슬람 사원 모양 돔 지붕으로 서 있고

베드로부인교회, 주님눈물교회, 주기도문교회, 만국교회가
주께서
거니시고, 쉬시고, 가르치시던 자리를 덮고 있다
나그네의 명상을 훼방하고 서 있다
예루살렘은 회색빛으로 바래고
주님의 임재는 어느 곳에서도 볼 수 없다

내 아버지여 만일 할 만하시거든
　이 잔을 내게서 지나가게 하옵소서
　그러나 나의 원대로 마옵시고
아버지의 원대로 하옵소서(마 26:39)

주 예수께서
사람들의 역사 속에 오셔서
가장 굵고 큰 선을 긋기 위하여
세 번이나 기도하시던 겟세마네동산
천·만·억 죗값을 치르실 일이 고민되어
무섭고 큰 지옥의 형벌이 고통스러워
하나님 아버지의 뜻을 이루기 위하여

간절히 기도하시던 언덕
피눈물의 기도터 겟세마네동산은
늙은 올리브(감람)나무 동산이 되었다

누가
주님의 뜻을 알았던가
주님의 고통을 헤아릴 수 있었던가

그때
예루살렘 동편 언덕
감람나무 숲에서
제자들은 꾸벅꾸벅 졸고 있었다

記

〈겟세마네 동산〉

예루살렘 성에서 기드론 골짜기 건너 동녘으로 언덕 같은 산이 있다. 감람산이다. 예루살렘 성 자체가 해발 750m이고 감람산이 903m이니 산이라는 느낌보다 예루살렘에서 바라보면 언덕이라는 표현이 더 어울리는 느낌이다.

지금도 감람산은 수령이 천년쯤 됐다는 감람나무(olive)가 무성하게 덮여 있다. 감람산 중턱에 주께서 십자가를 지시기 전 세 번이나 간절하게 기도하시던 겟세마네 동산이 있다. 주께서 우리를 위하여, 그 큰 고통을 담당하시기 위하여 이곳에서 기도하셨다. 그런데 그때 제자들은 졸고 있었다.

오늘도 주께서는 주무시지도 않으시고 우리를 눈동자 같이 보호하시고 지키시며 하늘 보좌에서 기도하시는데 우리는 우리네 삶에 빠져 주의 크신 사랑을 헤아리지 못하고 있다. 믿음이 적은 자들의 생활에 빠져 주의 은혜와 사랑을 저만치 놔두고 우리네 힘으로 살아가려 하고 있다.

베다니

예루살렘 오리 밖 동녘
감람산 기슭 베다니 마을에
하얀 햇살이 내고
어느 집 뜨락의 무화과나무는 졸고 있다
마을은 텅 빈 듯 사람들 보이지 않고
아랍 소년 하나 "One Dollar Please"
먼 곳 동방에서 온 나그네를 따라다닌다

주께서 가끔 유숙하시던 마을
마르다 마리아가 주님을 기다리던 마을
한 여자가 주님의 머리에 향유를 붓던 마을
무덤에서 잠자던 나사로 깨우시던 마을,
동네는 사뭇 조용하다
아무도 없다
주께서 다시 깨우실 날 기다리고 있다

흑암의 깊은 잠에 빠진 사람들
깜깜한 밤길에 걸려 넘어지는 사람들
무거운 짐 지고 허덕이는 사람들

눈이 어두워 바로 앞에 계신 그리스도를
알아보지 못하는 사람들
죄의 사슬에 얽힌 비참한 사람들
그들의 모습이 측은하여 우시던 주님

오늘도 주께서 부르신다
나사로야 나오너라
죽음에서 깨어나라
죽지 말고 살아라
영원히 살아라
죄와 사망의 골짜기에서 벗어나라
내게로 오라
내게로 오라

▼

記

⋮
⋮
⋮
⋮
⋮
⋮

〈베다니〉

　예루살렘 성에서 동녘으로 감람산을 넘어 조금 내려가니 여리고 가는 길목에 베다니 마을이 나타난다. 사뭇 조용하다. 한낮이라서 뜨거운 햇볕만 쏟아지고 지나가는 사람도 없다. 나사로 무덤이라는 곳에 들려 깜깜한 묘실에 잠깐 들어가 보았다. 아무것도 없다.

　"선악을 알게 하는 나무의 실과는 먹지 말라. 네가 먹는 날에는 정녕 죽으리라."

　사람은 죽는다. 죄의 값으로 죽는다. 사람들은 사람이 죽으면 슬퍼하고 눈물을 흘린다. 흙으로 돌아가 다시 볼 수 없어 슬퍼한다. 그러나 죄를 슬퍼하여 우는 사람들은 많지 않다.

　주께서 베나니 사람들에게 말씀하셨다.

　"나는 부활이요, 생명이니 나를 믿는 자는 죽어도 살겠고 무릇 살아서 나를 믿는 자는 영원히 죽지 아니하리라."

　베다니에 살던 마르다 마리아 동네 사람들은 나사로의 죽음에만 집착하여 슬퍼하였다. 주의 가르침을 믿지 못하고 울기만 하였다. 주께서는 통분히 여기시고 그들의 무지와 죄의 사슬에 얽매여 있는 모습이 불쌍하여 우시었다. 죽은 지 나흘 되는 나사로를 살리시어 부활을 친히 가르쳐 주셨다.

　이곳 베다니 마을에서.

LOGOS 성육신하시어

베들레헴
나사렛
가나

지극히 높은 곳에서는 하나님께 영광이요
땅에서는 기뻐하심을 입은 사람들 중에 평화로다.
(누가복음 2:14)

베들레헴

작지 않은 고을 베들레헴 조용한 동네
사람으로 오신 그날 밤도 조용하였다
강보에 싸여 구유에 누우셨던 자리를 보려면
왕도 교황도 나그네도 허리를 굽히고 들어가야 한다
사람은 죄인이라는 사실을 인정하고
사람은 하잘것없는 존재라는 것을 인정하고
사람은 겸손해야 한다는 가르침을 받아야
아기 예수가 구유에 누우셨던 자리를 볼 수 있다

유대 땅 베들레헴들아
너는 유대 고을 중에서 가장 작지 아니하도다
네게서 한 다스리는 자나 나와서
내 백성 이스라엘의 목자가 되리라(마 2:6, 미 5:2)

그때
하늘의 별은 몇 광년 걸려 지상에 다다르고
먼 데 동방에서 박사들 경배하러 왔다
천사들은 들녘의 목동에게 기쁜 소식 전하고
하늘에서 천군 천사들은 모두 모여 노래하였다

지극히 높은 곳에서는

하나님께 영광이요

땅에서는

기뻐하심을 입은 사람들 중에 평화로다(눅 2:14)

그러나

어둠과 죄악이 깊은 땅에 사는 사람들은

그리스도께서 오시는 밤인데

깨어날 줄 모르고 깊은 잠에 빠져 있었다

예수께서 땅에 오신 까닭을 아는가?

헤롯왕 : 왕위를 뺏으러 왔다

바리새인: 율법을 파하러 왔다

사두개인: 성전을 헐려고 왔다

유대인들: 들에서 떡을 배부르게 먹게 하는 왕으로 모시자

야고보 요한: 주께서 왕이 될 때 좌편과 우편에 앉혀 달라

사람들은: 2천 년 동안 말하였다

　　　가난한 사람에게 빵을 주려고 왔다

　　　병든 사람에게 의사 노릇하러 왔다

여자와 노예와 흑인에게 평등을 주려고 왔다
압제에서 해방시키려 왔다
훌륭한 철학을 가르치려 왔다
신학과 지식의 대상으로 왔다
인류에게 행복을 주려고 왔다

주께서는 말씀하셨다
"너희 구하는 것을 너희가 알지 못한다"
주께서 십자가에 달리시고 부활 승천하신 후
성령이 오시니
그때야 제자들은 입을 모아
"우리 죗값을 치르고 영생을 주려고 오셨다"
사람의 죄가 얼마나 크고 무거우면
사람의 죄값이 얼마나 무서우면
하나님께서 친히 오셔야 했는가
하나님께서 사람으로 오셔야 했는가

〈베들레헴〉

예루살렘 남쪽으로 8km 내려가면 유대 고을 중에서 작지 않은 고을 베들레헴에 이른다. 주께서 그의 백성들을 구하려고 오신 밤. 하늘에서는 천사가 합창하고 몇 광년 전에 출발한 별은 동방의 박사들 인도하였다. 들녘의 목동들을 아기 예수께 인도하며 이곳 베들레헴의 밤하늘에서 아름답게 빛나고 있었다. 그러나 어둠에 갇힌 사람들은 그날 밤 쿨쿨 잠을 자고 있었다.

베들레헴에는 콘스탄티누스 황제의 어머니 헬레나가 예수 탄생교회를 세웠으나(339년) 난리로 허물어진 후 다시 500년경에 세워진 교회 건물이 지금도 남아 있다. 교회 건물 앞에는 넓은 광장이 있어 크리스마스 전야에는 세계 각지에서 많은 사람들이 모여 축하 예배를 드린다 한다.

교회 내부로 들어가는 문은 높이 1m 20cm, 폭 80cm로 낮고 좁다. 상징적인 문이다. 주께 경배하기 위하여 좁은 문으로 들어가고 겸손하게 머리를 숙이라 하여 문은 작게 만들었다 한다. 교회 내부에는 주께서 탄생하셨다는 자리에 '베들레헴의 별'을 아름답게 만들어 놓았다.

나사렛

갈릴리 조그만 촌 동네 나사렛
언덕에 오르면 사방으로 펼쳐지는 성경의 지명(地名)들
동녘에 다볼산 높이 솟아 있고
남쪽으로 이스르엘 평원이 펼쳐 있다
서편 갈멜산 푸른 숲 너머는 지중해
북녘으로 펼쳐지는 산 산 산

경건한 시골 처녀 마리아
천사 목소리를 알아들은 마리아
메시아를 기다리고 기다리던 마리아
메시아 어머니가 되다니
성육신 위대한 그릇이 되다니

천사가 가로되
마리아야 무서워 말라
네가 하나님께 은혜를 얻었느니라
보라 네가 수태하여 아들을 낳으리니
그 이름을 예수라 하라(눅 1:30-31)

마리아는 찬미하였다

내 영혼이 주를 찬양하며 내 마음이 하나님 내 구주를 기
뻐하였음은 그 계집종의 비천함을 돌아보셨음이라. 보라
이제 후로는 만세에 나를 복이 있다 일컬으리로다(눅 1:46)

어머니 마리아 손잡고 아장아장 걷던
아버지 요셉을 따라 목수 일 하던 고향 나사렛

예수께서
어렸을 때 저 언덕에 올라
깊은 명상에 잠기고
자신을 계시한 성경을 읽었으리
어머니의 고향 하늘에 떠 있는
태양빛이 유난히 환하고 봄볕인 양 따뜻하다
산이랄까? 구릉(丘陵)이랄까?

아늑한 동네 나사렛
갈릴리 이름 없는 촌 동네 나사렛
거룩한 발자국 남긴 큰 동네가 되었다

가나

갈릴리 조그만 마을 가나의 아침
늦잠을 자고 있는 마을은 사뭇 조용한데
낯선 순례자들 발자국 소리에 강아지가 컹컹 짖는다
아담하고 자그마한 수도원 문을 두드리니
눈을 비비고 나오는 늙은 신부
떨떠름한 표정으로
"어디서 온 뉘시오?"
"포도주 사러 왔습니다"

그날
예수께서 어머니 마리아 부탁으로
혼인 잔칫집 돌 항아리 여섯 개 가득
포도주를 채워 주셨다
비로소
성육신하여 이 땅에 오신 성자께서
기사(奇事)를 시작하였다
신인(神人)의 기묘한 일을 시작하였다
하늘과 땅에 모든 권세를 가진
만물만사의 대주재이심을 보여 주기 시작했다

당신께서
태초에 천지를 창조하고 낮과 밤을 만드시고
우주에 억 조 경 별을 만드시고
땅에는 셀 수 없는 풀과 나무를
바다를 만들어 물고기가 헤엄치게 하시고
우주와 그 안의 모든 것을 손수 만드셨음을
보여 주기 시작하셨다
사람으로 오셔서
사람은 도저히 할 수 없는 일을
보여 주고, 알려 주고, 가르치기 시작하였다

가나의 포도주를 시작으로
갈릴리 바다 풍랑을 꾸짖어 "잔잔하라"라 하시고
물고기 두 마리 떡 다섯 개로 오천 명을 먹이시고
베드로 장모 펄펄 끓는 열병을 식혀 주시고
문둥병자를 깨끗하게 치료하여 주시고
중풍으로 집에 누워 있는 백부장의 하인을
집으로 가기도 전에 낫게 하여 주시었네

갖가지 이적을 보여 주신 까닭은?
예수 당신은 하늘과 땅의 주재(主宰)이심을 보여 주시려고
하나님께서 미워하시고 사람도 싫어하는
갖은 악 – 가난, 질병, 미움, 싸움, 전쟁, 죽음
을 없애 주시려고
악의 뿌리 – 하나님을 떠난 죄를 뽑으려고
갖가지 악에 시달리는 불쌍한 사람들 건져 주려고
장차
예수의 나라는
미움 다툼 전쟁 질병 굶주림 홍수 지진 사망이 없고
사랑 평화 찬송이 가득하고
죽지 않고 영원히 사는 나라다
선포하시려고
기사를 행하고 이적을 보여 주셨다

記
:
:
:
:
:
:
:

〈나사렛, 가나〉

갈릴리 호숫가에 있는 기브쯔에서 운영하는 호텔을 떠나 서쪽으로 30분쯤 달리니 주께서 소년 시절을 보냈던 나사렛 마을에 이른다. 제법 큰 마을이다. 나사렛은 유난히 조용한 느낌을 준다. 나사렛 뒷산은 구릉(丘陵)처럼 완만하고 부드럽게 보인다. 산에 오르면 이스르엘 평야를 한눈에 내려다볼 수 있다. 주께서 가끔 이 동산에 올라 명상도 하고 자신을 계시한 성경도 읽었으리라.

이 조용한 마을에서 하루쯤 유숙하면서 온종일 주 예수님의 생애와 말씀을 명상하고 묵상하면 좋을 것 같다. 그러나 나그네는 아쉬운 마음을 달래며 일행과 함께 주님의 고향 나사렛을 뒤로하고 떠나야만 했다.

가나. 조그만 마을에 이르니 조용하다. 사람은 보이지 않고 조용하다. Greek Orthodox와 Roman Catholic이 서로 정통이라고 주장하는 돌 항아리를 자기 교회 건물 앞에 전시하고 있다. Roman Catholic 성당에 가서 문을 두드리니 노신부가 잠이 덜 깬 듯한 표정으로 나온다. 가나 포도주를 샀다. 일행 중 어느 목사님은 큰따님 혼인 잔치 때 포도주를 쓰겠다고.

반석 위에 내 교회를 세우리니

갈릴리 I
갈릴리 II
요단강
가이사랴 빌립보

너희는 나를 누구라 하느냐
시몬 베드로가 대답하여 가로되
주는 그리스도시요 살아 계신 하나님의 아들이시니이다
예수께서 대답하여 가라사대
바요나 시몬아 네가 복이 있도다
이를 네게 알게 한 이는 혈육이 아니요
하늘에 계신 내 아버지시니라
또 내가 네게 이르노니
너는 베드로라 내가 이 반석 위에 내 교회를 세우리니
음부의 권세가 이기지 못하리라.

(마태복음 16:15-18)

갈릴리 I

지중해에서 일어난 바람 샤론평야 건너
이스르엘평야 맴돌다 갈릴리 호수로 간다
갈릴리 호수 건너 동녘 골란고원으로 간다
골란 언덕을 넘지 못하는 바람은 되돌아와
갈릴리 호수에서 풍랑으로 뒹굴뒹굴
주의 꾸지람을 들으려고 풍파를 일으킨다
주께서 꾸짖으시면 금방 잔잔해질 풍랑이다

주께서 거니시던 갈릴리 호숫가에 바람이 살랑살랑
무리를 보시고 산에 올라가 앉아
산상보훈을 가르치시던 갈릴리 호숫가 언덕에
환한 햇볕이 조용히 내려앉는다

심령이 가난한 자는 복이 있나니
천국이 저희 것임이요
애통하는 자는 복이 있나니
저희가 위로를 받을 것임이요
……………
나의 이 말을 듣고 행하는 자는

그 집을 반석 위에 지은 지혜로운 사람 같으니(마 5장-7장)

주의 가르침은 권세가 있었다
서기관들과 같이 아니했다
세상의 교훈이 하잘것없음을 알려 준다
사람들의 철학이 허망한 것을 알게 한다

산언덕에서 가르치신 말씀은
2천 년 세월
천둥소리보다 크게 울렸다
언(言)
행(行)
심(心)
사(思)
정확한 자리를 매겨 준다
똑바른 길을 가리켜 준다
이르러야 할 곳을 보여 준다

갈릴리 Ⅱ

하늘에서 내려다보시던 주께서
사람들이 사는 진토(塵土)에 오셨다
갈릴리 촌마을 두루 다니며 어루만졌다
가난한 자 먹이시고 병든 자를 고쳐 주셨다
죄가 데리고 온 가난과 질병을 없애 주셨다
죄의 사슬에 묶여 있는 사람들 벗겨 자유를 주셨다
조용한 시골 갈릴리에서 하나님 나라가 시작되었다
그때 똑똑하고 지혜 있는 사두개인 바리새인 서기관들
뒷짐 지고 거만하게 서 있었다

갈릴리 호숫가 디베랴, 가버나움, 벳새다 마을
그물 던지던 베드로와 안드레
그물 깁던 세배대의 아들 야고보, 요한이
예수님 따라 사람 낚는 어부가 되었다
고기잡이 생업을 뒤로하고 만대의 일꾼이 되었다
사람의 학식을 넘는 진리를 전하는 사도가 되었다

記

〈갈릴리〉

　　예수님께서 공생애 대부분을 보내신 갈릴리. 옛날부터 촌구석이라고 푸대접받던 고을이지만 복음서에서 가장 많이 등장하는 고장이다. 갈릴리는 지금도 한적한 시골이다. 주께서 거니시고 가르치신 모습을 상상하기에 좋은 곳으로 남아 있다.

　　갈릴리 호수 동쪽 조그만 마을 엔게브 기브츠에서 갈릴리 호수에서 잡은 고기로 점심을 먹었다. 이름 붙이기를 좋아하는 사람들이 베드로 고기라 한다. 엔게브에서 20톤쯤 되는 작은 유람선을 타고 호수 서북쪽에 있는 가버나움을 향하여 약 1시간 정도 갈릴리 호수 위를 가로질러 갔다. 풍랑이 거세다. 서쪽의 지중해 기류가 이스라엘 내륙을 지나 동쪽 골란고원으로 흐르다가 고원에 부딪혀 되돌아오기 때문에 바람이 불고 풍랑이 거세게 일어난다고 한다.(갈릴리 호수 : 동서 14km. 남북 21km. 넓이 180㎢. 수면 -210m. 수심 46m)

　　산상보훈을 가르치셨을 곳으로 생각되는 산언덕에서 갈릴리 호수를 바라보니 마음이 뭉클하다. 고향 뒷동산에 온 것 같다. 갈릴리 호수 위에 부서지는 햇볕을 바라보니 여행자라는 신분을 잊어버리고 한가로워진다. 우리 주님께서 순박하고 어린아이 같은 갈릴리 촌사람들을 제자로 삼고 조용하고 아름다운 이곳 학습장에서 하나님 나라를 보이시고 가르치신 곳이다.

요단강

헐몬산 눈 녹아 실개천으로 흐르다
가이사야 빌립보에 모여 큰 개울 되어
갈릴리 호수로 흘러흘러 며칠 머물다
다시 남녘으로 흐르는 큰 개울 요단강

야곱은 요단강 건너 밧단아람으로 도망하더니,
여호수아는 홍해처럼 갈라진 요단강 맨발로 건너고,
이스라엘 백성들 언약궤 메고 약속의 땅으로 건너던 강
여호와께서 흐르라 하신 날부터 흐르고 흐른다

세례 요한의 외침이 들린다
"회개하라 천국이 가까웠느니라"
다정히 부르시는 주님의 음성이 들린다
"네 죄를 씻고 나를 따르라"

요단강 유영(遊泳)하는 물고기 바라보니
아브라함 롯이 헤어지던 환영이 펼쳐진다
어디로 갈까?
아브라함은 여호와께서 지시하는 땅으로

롯은 비옥한 소알 땅으로 갔지
요단강 흘러가 멈춘 소돔 고모라
유황불 쏟아지더니 사해(死海)가 되었다
요단강은 흐르지 못하고 증발하여 소금이 된다

나는 어디로 갈까?
인생길에 만나는 수많은 갈림길(Crisiss)

좁은 문으로 들어가라
멸망으로 인도하는 문은 크고
그 길이 넓어
그리로 들어가는 자가 많고
생명으로 인도하는 문은 좁고
길이 협착하여
찾는 이가 적음이니라(마 7:13)

나는 어디로 가고 있는가?

〈요단강〉

이스라엘 북쪽의 큰 산, 헐몬산에서 발원하여 흐르다 남쪽 사해에 멈추는 요단강. 요단강은 교회 밖에 있는 사람들에게까지 귀에 익은 강 이름이다. 그러나 정작 강이라기보다는 큰 개울이라는 편이 어울리겠다. 강폭은 가장 넓은 곳이 30m, 수심이 1~3m, 길이는 구불구불 320km 정도라 한다.

갈릴리 호수 아래에 있는 요단강가 요한의 세례터에 들렀다. 물이 맑다. 맨발로 들어서니 물고기들이 발을 간지럽힌다. 성경에 많이 등장하는 요단강. 아브라함과 롯이 헤어지던 때부터 야곱이 형 에서를 피해 요단강을 건너 밧단아람으로 도망하였던 강.

여호수아가 약속의 땅으로 들어갈 때 홍해처럼 갈라진 강이었다. 광야에서 '회개하라' 외치던 요한이 세례를 베풀던 강, 우리 주님께서도 세례를 받으시고 거닐고 건너시던 강이다.

가이사랴 빌립보

헐몬산 이슬이 내려 시냇물로 흐르다
산 밑으로 스며
가이사랴 빌립보에서 말간 샘물로 솟아난다
주는 그리스도시오 살아계신 하나님의 아들이시니이다…
………너는 베드로라
내가 이 반석 위에 내 교회를 세우리니(마 16:16)

지혜롭고 슬기 있는 자들에게는 숨기시고
어린아이들에게는 나타내신 아버지의 뜻을 따라(마 11:25)
갈릴리 촌사람 시몬은 베드로가 되었다

그날 주께서 교회를 세우시기로 약속하시더니
예루살렘, 안디옥, 에베소, 고린도, 로마
산골짜기 제네바에 씨를 뿌리시더니
섬나라 영국에서 꽃피워
America로 건너가 열매를 맺게 하시다
2천 년 세월의 강을 건너 태평양 건너
서울 한 모퉁이 동자동에 부르시더니
당산동에 모여 합창하라

"주 예수는 그리스도시요…"

이스라엘을 흠뻑 적시려고
혈몬산 눈 녹은 물 흘러흘러
샘물로 말갛게 솟아나는 사이샤라 빌립보
가이샤라 빌립보에는
사람들이 세운 교회 건물이 없다
신앙고백 터는 2천 년 세월 변함없이
이스라엘에 오직 한 곳 성지로 남아 있다

▼

記

.
.
.
.
.
.
.
.

〈가이사랴 빌립보〉

헐몬산(2,804m)에서 흘러온 개울이 산 밑을 통과하여 말갛
게 솟는다. 석회암으로 이뤄진 산이다. 요단강의 발원지다. 산
밑으로 여과되는 맑은 물이라 우리나라 설악 계곡물로 착각하
고 마셨다가 배탈이 나서 3일 동안 아무것도 먹지 못하고 심하
게 고생했다. 민경배 교수께서 발을 주무르고 바늘로 손끝을 찔
러 피를 내어도 복통이 좀체 가라앉지 않았다. 마침 호텔에 상주
하는 의사가 있어 응급조치 후 몰핀주사를 맞고서야 조금씩 진
정되었다. 민경배 교수께서 밤늦도록 옆에서 돌봐 주셨다.

이곳 가이사랴 빌립보에서 시몬은 "주는 그리스도시요"라고
위대한 신앙고백을 하였다. 그날 시몬은 베드로가 되었다.
"너는 베드로라. 내가 이 반석 위에 내 교회를 세우리니."
그때부터 주 예수께서 음부의 권세가 이기지 못하는 교회를
세우기 시작하였다. 2천 년 후 Korea에서도 신앙고백을 하게 하
시더니 우리를 이곳까지 부르셨다.
교회를 시작한 곳에 교회 건물이 없다. 이스라엘 전역에서 옛
발자국을 더듬을 수 있고 명상을 방해받지 않는 유일한 성지, 가
이샤라빌립보. 유일하게 성경의 현장을 볼 수 있는 곳이다. 사람
들은 왜 건물을 교회라고 생각하는가?

사론 평야에 부는 바람

갈멜산
므깃도
가이샤라

엘리야가 저희에게 이르되
바알의 선지자를 잡되 하나도 도망하지 못하게 하라 하매
곧 잡은지라 엘리야가 저희를 기손 시내로 내려다가 거
기서
죽이니라
엘리야가 갈멜산 꼭대기로 올라가서
땅에 꿇어 엎드려 그 얼굴을 무릎 사이에 넣고
그 사환에게 이르되 올라가 바다 편을 바라보라.
(열왕기상 18:40-43)

갈멜산

소년아 산에 올라가 비구름이 오나 보라(왕상 18:43)
일곱 번째 올라 바라보니
드디어 저기 지중해 먹구름이 몰려온다
3년 동안 비는커녕 이슬조차 내리지 않더니
엘리야의 기도를 들으신 여호와께서 큰비로 응답하셨다

여호와를 떠나 허망한 우상에 빠진 이스라엘
너희가 어느 때까지 두 사이에서 머뭇머뭇하겠느냐
바알에 빠진 선지자 4백 5십 명 어느 누구도
아세라 목상 섬기는 선지자 4백 명 단 한 명도
마른나무에도 불을 붙이지 못하고 쩔쩔매는데
엘리야의 흠뻑 젖은 나뭇단에 불이 내리니
마른나무처럼 활활 타올랐다
돌도 흙도 태우고 도랑의 물도 핥아버렸다
하나님은 물도 흙도 돌도 바다도 태울 수 있다
발화점에 이르면 탄다
여호와께서 발화점을 만드셨기 때문이다
예수께서 죄와 악을 모두 태우러 오실 것이다

3년 만에 내리는 비를 맞고도
젖은 나무에 불이 내리는 것을 보고도
사악한 아합왕 간악한 이세벨
엘리야 죽이려고 쫓아오니 이리저리 도망하던
외로운 엘리야 로뎀나무 아래 주저앉아
"여호와여 넉넉하오니 지금 내 생명을 취하옵소서"
여호와께서 떡과 물을 주고 도닥이며 말씀하셨다
"내가 이스라엘 가운데 7천 명을 남기리니…"
기운을 차린 엘리야 다시 선지자 길을 나섰다
거친 길 피곤하여도 생수가 기다리고 있다
영구한 도성으로 가는 나그네가 7천 명이나 있다

엘리아여
주를 따르는 자 외롭지 않은 사람 있었는가?
그대 하늘로 올라간 후 엘리사의 고독을 보았는가?
이사야의 외침에 누가 귀 기울였는가?
예레미야 슬퍼할 때 누가 같이 울었는가?
주께서는
여우도 굴이 있고 공중의 새도 거처가 있으되

오직 인자는 머리 둘 곳이 없다(마 8:20)
바울은
누가 우리를 그리스도의 사랑에서 끊으리오
환난이나 곤고나 핍박이나 기근이나
적신이나 위험이나 칼이랴(롬 8:35)

루터는 도망다니며 숨어 살고
칼빈도 산골짜기 제네바로 도망하였다
America, Korea 지구촌 구석구석에 7천 명쯤은
주를 따르는 사람들이 살고 있을 것이다

〈갈멜산〉

이스라엘은 지중해성 기후로 5월부터 10월까지 건기로 비가 거의 오지 않고 10월부터 5월 초까지는 우기로 비가 많은 땅이다. 우리나라 경기도 강원도를 합한 정도의 넓이인데 기후는 매우 다양하다. 우리의 여행 기간은 건기라서 이스라엘 전역이 온통 갈색이다. 푸른 숲이나 풀이 없어 황량하다.

이스라엘에 유독 푸른 숲이 있는 곳이 있다. 갈멜산 지역이다. 갈멜산에 오르면 지중해가 바라보인다.

옛날 엘리야가 여호와께서 참으로 하나님이심을 보여 주시기를 간구하였을 때 저기 지중해에서 비구름이 몰려왔다.

사람들은 왜 그렇게도 쉽게 하나님을 잊는가? 적어도 이스라엘 백성들이 어떻게 하나님을 잊어버리고 사악한 이세벨을 무서워하고 사람을 무서워하여 이방신을 섬겼단 말인가? 눈에 보이는 기복신앙에 빠지고 물신주의에 빠지면 우상 바알도 섬길 만하였을 것이다.

므깃도

이스르엘 푸른 언덕 므깃도 옛 성터
곡식 뺏으러 온 적과 싸우려고
솔로몬왕 성을 쌓고
아합왕 물 긷는 길을 팠다
땅 밑으로 60m 내려가 옆으로 120m
깜깜한 석굴을 더듬더듬 내려가 보니
물은 바싹 마르고
암반을 파던 남정네들 거친 숨소리
물 긷던 아낙네들 한숨 소리
5천 년 싸움터 병사들 발자국 소리
사라지고 조용하다

므깃도는 전쟁터 전쟁의 상징
가인이 아벨을 미워한 때부터 끊임없이 싸우는 사람들
5천 년 스물네 번 므깃도 성은 부서지고 또 부서졌다
요시야왕 죽은 싸움터에서
영국과 오스만 터키까지 싸웠다

사람들은 왜 싸우는가?

왜 남의 것을 빼앗으려는가?
튼실한 곡식 거두고 양 떼 물 먹이라
기손강가에
이스르엘 푸른 평원을 펴 놓으셨는데
흐르는 구름 노래하고 밤하늘 별 찬미하라
파란 하늘 주셨는데
사람들은 왜 싸움만 하는가?

사람들은 세상 끝날까지 싸울 것이다
허물어진 므깃도 성터에 뜨거운 햇볕만 내리고 있다
언제 사람들은 싸움을 그칠 것인가?

〈므깃도〉

이스르엘 평원 한쪽 언덕에 옛 성터 하나 므깃도 성 안에 아합왕이 팠다는 물 긷는 길(水路). 땅 밑으로 60m 내려가 옆으로 120m 석굴을 더듬다. 물소리는 들리지 않고 깜깜한 수로 벽에 돌 깨던 남정네, 물 긷던 아낙네 한숨 소리 배어 있다.

이스르엘 평원은 이스라엘에서 가장 비옥한 땅이다. 갈멜산 골짜기에서 기손강이 이스르엘 평야로 흐른다. 이스르엘 평원 한쪽 므깃도는 아주 오랜 옛날(B.C.3천 년)부터 사람들이 살았던 곳. 고고학자들이 발굴 작업을 하고 있다. 고고학자들은 스물네 번이나 성을 짓고 부수고 다시 지은 흔적을 찾았다 한다.

평화로운 이스르엘 평야 한쪽에 있는 므깃도는 사람들의 끊임없는 전쟁터였다. 고대에는 이집트 지배하에 있었고, 하나님의 군대 이스라엘의 역사 동안에는 솔로몬이 이곳에 성을 지었고, B.C. 733년에는 앗수르가 점령하고, 유다 왕 요시야는 B.C. 609년에 애굽 왕 바로느고와 싸우다가 이곳에서 전사하였다.

므깃도는 20세기 초 영국군과 오스만 터키가 싸울 때까지 전쟁으로 점철된 전쟁 역사의 현장이다. 그래서 이곳을 전쟁의 대명사 아마겟돈이라고 해석하려는 사람들도 있다 한다. 사람들은 왜 싸우는가? 평화로운 평원에서 노래 부르고 서로 손잡고 춤을 춘다면 훨씬 아름다울 텐데 왜 싸우는가? 사람들은 언제 싸움을 그치고 고요한 평화를 노래할 것인가?

가이사랴

지중해 바닷가 고성(古城) 가이사랴
푸른 바다 하얀 모래밭에
2천 년 세월을 흘러온 수로 위에
로마 병정 달리던 마찻길 위에
청중이 오지 않는 야외음악당에
하얀 햇살이 내리고 있다

그때 성신께서
이방인 고넬료에게 보이시고
욥바 시몬의 집에 있는 베드로를 부르셨다
이곳 아름다운 해변에서
이방 사람 고넬료에게 세례를 베푸시고
이방인에게 구원을 베풀기 시작하셨다

유대 땅에 머물던 복음
지중해 해안따라
두로 시돈 거쳐 안디옥으로
지중해 건너 구브로 거쳐
에베소 고린도 로마로

국경이 사라진 복음이 되었다

이생을 자랑하던
벨릭스, 베스도, 헤롯, 아그립바, 버니게가
생을 즐기며 허망한 인생을 자랑하던 해변
호사가들 노닐던 휴양지 지중해변 가이사랴
할 일 많은 바울은 터무니없이 옥에 갇혀
Rome 가는 날을 하염없이 기다렸다
할 일 많은 바울이 억지로 휴양하고 있었다
여기 물 맑은 바닷가 가이사랴에서

〈가이사랴〉

　로마 황제가 헤롯왕에게 하사한 지중해변 고성 가이사랴는 로마 당시 큰 항구 도시였다. 헤롯왕은 성을 건설하고 로마 황제에게 아부하려고 '가이사랴'라고 작명하였다.

　당시의 호화로운 성의 위용을 설명해 주는 유적이 지금도 많이 남아 있다. 갈멜산에서부터 끌어왔다는 12km 수로가 2천 년의 세월을 건너 남아 있다. 로마 시대 마차가 달리다 부딪힌 자국이 뚜렷이 남아 있는 성문이 건재하고 로마 시대에 쌓았다는 방파제에 파도가 부서진다. 지금도 가끔 사용한다는 원형극장은 무대와 청중석의 거리가 50～70m인데 바로 옆에서 말하는 소리로 들린다. 음향기가 없던 당시의 놀라운 건축 과학이다.

　이곳 가이사라는 로미군의 장교 고넬료가 베드로 사도로부터 세례를 받은 곳이다. 주께서 이방에 구원을 베푸시기 시작한 곳이다. 바울은 이곳에서 터무니없이 옥에 갇혀 Rome에 갈 날을 기다린 유서 깊은 곳이다. 지금은 고성이 있던 자리에 하얀 햇살이 내리고, 푸르고 맑은 지중해 바닷가에 파도만 찰랑거린다.

찬란한 빛은 이방 땅으로

안디옥
다소
골로새

예루살렘교회가 이 사람들의 소문을 듣고
바나바를 안디옥까지 보내니….
바나바가 사울을 찾으러 다소에 가서 만나매
안디옥으로 데리고 와서 둘이 교회에 1년간 모여 있어
큰 무리를 가르쳤고 제자들이 안디옥에서 비로소
그리스도인이라 일컬음을 받게 되었더라

(사도행전 11:22-26)

안디옥

Rome 제국 당시
Rome, Alexandria 안디옥(Antioc)은 3대 국제도시
헬라문화가 동녘으로 흐르는 길목
에베소에서 수리아로 가는 큰 길목
아폴로신전 아데미여신 우뚝 서 있던 큰 고을
헬레니즘이 꽉 찬 사람들 살던 큰 고을
지금은
터번 두른 남자들 옹기종기 서 있고
차일 두른 여인들 눈만 껌뻑이며 지나는 동네
아폴로, 아데미 서 있던 자리에 알라 신당이 서 있다

안디옥 동녘 살피우스 산자락에 듬성듬성 동굴이 있다
로마 병정들 피해 숨어서 기도하고 예배드리던 동굴
쫓기고 쫓긴 동굴이 꼬불꼬불 4km – 8km – 10km
얼마나 힘들었을까?

스데반을 죽이던 예루살렘을 등지고
5천km나 멀리 도망한 Christian들이
이방 땅에 처음으로 교회를 세운 안디옥

예루살렘에서 Rome으로 가는 복음의 길목
이방의 우상과 싸우러 나가는 전사의 전진기지
땅끝까지 복음을 전하는 터
오고 오는 교회의 기초가 되었다

예루살렘교회는
착한 사람 바나바를 선교사로 보내고
안디옥교회는
사랑의 연보를 예루살렘에 보내었다
바나바는 6백 리 다소에 가서 바울을 데려오고
바울은 세 번이나 선교 여행을 나섰다
이곳 안디옥에서 출발하여
그때부터 바울은
어두운 땅 이곳저곳에 횃불을 들고
죄악과 사망의 늪에서 허우적이는 불쌍한 사람들 구하려
허망한 철학에 빠진 도시에 진리를 전하였다
우상에 절하던 사람들 멈추고 하나님께 예배하라
사람의 힘을 뽐내던 사람들에게 성신의 역사를 보여 줬다

안디옥에서 출발한 복음은
갈라디아로,
아시아로,
헬라로,
로마로,
유럽으로,
섬나라 영국으로,
신대륙 America로,
해 돋는 나라 Korea로,

동방 Korea에서 온 나그네
복음이 말라 버린 폐허 안디옥을 거닐다

▼
記
:
:
:
:
:
:
:
:

〈안디옥〉

"때에 스데반의 일로 일어난 환난을 인하여 흩어진 자들이 베니게와 구브로와 안디옥까지 이르러… 예루살렘교회가 이 사람들의 소문을 듣고 바나바를 안디옥까지 보내니… 바나바가 다소에 가서 만나매 안디옥에 데리고 와서 둘이 교회에 1년간 큰 무리를 가르쳤고 제자들이 안디옥에서 비로소 그리스도인이라 일컬음을 받게 되었더라."(행 11:19-26)
　안디옥은 이방에 복음을 전하는 전진기지가 되었다. 예루살렘교회가 흉년들었을 때 사랑의 연보를 보냈다.

　안디옥은 당시 Rome, 알렉산드리아와 함께 3대 도시 중의 하나였다. 지금은 터키의 남쪽 끝에 있어 이스라엘과 비교적 가까운 거리지만 이스라엘과 시리아의 적대 관계가 풀리지 않아 빙 돌아서 가야 한다. 그러기에 이스라엘 지역을 여행한다 해도 좀처럼 가기가 쉽지 않은 곳이다.
　안디옥 중심가에서 점심식사를 한 후 도시 동쪽에 있는 실리우스산 중턱에 있는 동굴에 올랐다. 산 중턱에 꽤 넓은 동굴이 있는 초대 교회. 고난과 핍박을 받던 믿음의 선배들이 모여 예배를 드린 곳이라 한다. 이곳에서 예배를 드리다가 로마 병정들이 쫓아오면 산속으로 뚫린 미로 같은 터널로 피신을 하였다 한다. 그 굴의 길이는 자그만치 10km나 되어 로마 병정의 추격을 피할 수 있었다 한다.

다소

하늘과 땅이 맞닿는 넓고 넓은 평야에
우리 스승 바울의 고향이 있다
키드누스 강변의 고도(古都) 다소
5천 년 동안 주인이 바뀌고 또 바뀌던 다소
헷 족속이 살더니 아시리아 살만에셀이 지배하더니
페르시아, 알렉산더 군대가 지나가더니
로마의 키케로가 한참 동안 통치하던 다소
클레오파트라와 안토니우스가 사랑을 나누던 자리
클레오파트라 성곽은 허물어져 쓸쓸하다

결코 작지 않은 도시 다소
당시 Athene, Alexandria 같은 교육도시
넓은 들판에서 꿈을 키우며 자라난 바울
예루살렘 유학 가말리엘 문하생 학자가 되어
바리새인의 교육을 받아 유대교 지도자가 되어
종교의 열정으로 다메섹을 향하던 날
햇빛보다 더 밝은 빛으로 오신 주님을 만나
예수 그리스도의 사도가 되었다
오고 오는 교회의 선생이 되었다

아라비아에 가서 신학을 하고 고향으로 돌아온 바울
다소에서 쉬고 있는데 바나바가 "안디옥으로 가자!"
그때부터
이방에 복음을 전하는 사도가 되어
피와 땀과 눈물을 흘리는 사도가 되어
동족 이스라엘 사람들에게
사십에 하나 감한 매를 다섯 번 맞고 세 번 태장(苔杖)으로
맞고 한번 돌로 맞고(고후 11:24-25)

오라는 곳 없어도 가야 할 곳이 많은 외로운 사도
어둠 속에서 허우적이는 자들에게 빛을 비추려고
허망한 우상에 사로잡힌 불쌍한 사람들 풀어 주려고
끝없는 철학의 미로에서 헤매는 자에게 길을 안내하려
진리의 횃불을 들고 천리만리 걷고 또 걸었다

2천 년 후 코리아에서 온 나그네는
에어컨 장착된 벤츠 버스를 타고도 더워서 쩔쩔매는데
10만 톤 여객선 타고, 비행기를 타고도 머나먼 길인데

사도 바울은 험한 산길에서 도적과 강도를 만나고
며칠을 걸어도 마을은 없고 사나운 짐승을 만나고
아픈 다리를 끌고, 추위와 허기를 참으며 걸었다
억울한 누명을 참으며
진리의 밝은 빛을 전하였다
주께서 지시하는 곳은 어디든지 갔다
억울한 감옥에서도 주의 말씀을 전하였다
생명의 말씀을 들고 세상 끝까지

누가 우리를 그리스도의 사랑에서 끊으리오?
환난이나 곤고나 핍박이나 기근이나 적신이나 위험이나 칼
이랴?(롬 8:35)

바울의 고향 다소
지평선에 붉은 태양이 지고 있다
바울이 뛰놀던 들판 다소에
땅거미가 내리고
촉촉한 이슬이 내리고 있다

▼

記

⋮

⋮

〈다소〉

넓은 평원의 끝 지평선으로 종일 작열하던 태양이 붉은 석양
으로 물들어 간다. 비교적 조용하고 평온한 도시 모습이다. 어둠
이 내리는 초저녁 바울의 생가라고 전승되는 집에서 우물물을
마셔 보았다.

당시 다소는 아테네, 알렉산드리아 같은 철학과 교육이 중심
이 되는 학문의 도시였다. 다소 출신 바울은 가말리엘 문하생으
로 들어가 바리새인 교육을 받아 유대교에 충실한 학자였으나
주님의 부름을 받고 이방인의 사도가 되어 동족 이스라엘 사람
들로부터 수많은 핍박과 고난을 받고 이방에 복음을 전하면서
많은 고난을 겪었다. 이곳 평화로운 평야 가운데 있는 다소에서
자란 바울이 오고 오는 교회의 선생이 되었다.

세월이 흐르고 지금은 알라신에 빠진 터키 사람들이 교회사
에 큰 족적을 남긴 바울 선생이 누구인지 모른 채 먼 동방에서
온 나그네들을 그냥 호기심 어린 눈으로 바라보고 있다. 우리가
왜 자기 동네를 찾아왔는지 전혀 모르는 모양이다.

도시 한쪽에 퇴락하여 금방이라도 무너질 것 같은 돌문이 있
다. B.C. 40년에 클레오파트라와 안토니우스가 만난 자리에 세
운 클레오파트라 문이라 한다.

골로새

높은 산자락 조용한 산촌 골로새
서쪽 들판 건너 라오디게아가 멀리 보이고
북녘으로 히에라볼리가 아스라이 보인다
세 동네는 믿음의 형제들이 오가던 이웃 고을
높은 산자락 골로새에서 신실한 에바브라는
주께서 맡긴 양을 충실히 기르고 있었다

두기고과 오네시모는
바울의 옥중서신을 들고 골로새로 갔다.
철학과 헛된 속임수로 너희를 노략할까 주의하라(골 2:8)
사단은 아담과 하와를 속인 때부터 끊임없이
모든 사람을 속여 진리를 버리게 하였다
사단은 하와에게 말하였다
너희가 결코 죽지 아니하리라 너희가 그것을 먹는 날에는
너희 눈이 밝아 하나님과 같이 되어…(창 3:4-5)
오늘도 사람들은 말한다
　노아 홍수, 소돔 고모라 멸망은 신화다
　홍해를 건너고 만나를 먹은 얘기는 문학이다
　엘리야가 하늘로 올라간 것은 희망이다

동정녀 탄생, 부활은 믿음의 대상이다
교황은 사람과 하나님의 중보자다
성경은 하나님의 말씀을 포함한 책이다
모세가 시내산에서 더디 내려올 때
여호와를 속히 떠나 금송아지를 만들어
　"이스라엘아 이 금송아지는 너희를 애굽 땅에서
　　인도하여 낸 너희 신이로다"
솔로몬은 천명이나 되는 여인들 꼬임에 빠져
아스다롯, 밀곰, 그모스, 몰록 우상을 섬겼다

이스라엘 선민 역사가 끝날 즈음
유대의 스승들은
　"메시아는 다윗 왕처럼 이스라엘을
　　정치, 군사, 경제 부강한 나라로 만들 것이다"
그리하여 메시아 예수를 십자가에 못 박았다
검은 모자를 쓴 유대인들
지금도 정경(政経) 메시아를 기다리고 있다

記
 :
 :
 :
 :
 :
 :
 :

〈골로새〉

터키의 더위는 살인적이었다. 45-47℃의 무더위에 벤츠버스의 에어컨도 별 효력이 없어 땀이 비 오듯 흐른다. 어느 지역을 지나는데 지열(地熱) 발전소가 있다.

너무 더워 차창 밖을 멍하니 쳐다보다가 바울 선생이 떠오른다. 바울 선생이 떠오른 순간 더위는 사라지고 나의 뺨으로는 땀이 아닌 눈물이 흐르기 시작했다. 우리는 에어컨이 장착된 벤츠버스를 타고도 더워서 고생인데 바울 사도는 뙤약볕 쨍쨍 내리는 거친 길을 걷고 걸었으리라. 그때 전한 복음이 2천 년 세월의 강을 건너 대한민국까지 건너왔다. 갑자기 등으로 시원한 물줄기가 흘러내린다.

터키의 농촌 풍경은 우리 한국의 농촌 풍경과 흡사하다. 아침부터 광활한 들판 길을 달려 오후 4시경 골로새교회가 있었다는 지역에 닿았다. 넓은 평원 한쪽에 꽤 높은 산자락에 골로새가 있었다. 골로새에서 라오디게아는 연기를 피우면 보일 정도의 거리이고 골로새 뒷산에 오르면 북쪽으로 멀리 히에라볼리가 보인다 한다. 세 동네는 초대교회 시대에 신앙의 공동체를 이루며 바울선생이 보낸 편지를 서로 나눠 읽었다 한다.

계시록의 소아시아 일곱교회

에베소
서머나
버가모
두아 디라
사데
빌라델비아
라오디게아

하나님의 말씀과 예수의 증거를 위하여
밧모라 하는 섬에 있었더니
주의 날에 내가 성령에 감동하여 내 뒤에서 나는
나팔 소리 같은 큰 음성을 들으니 가로되
너 보는 것을 책에 써서
에베소 서머나 버가모 두아디라
사데 빌라델비아 라오디게아 일곱 교회에 보내라
(계 1:9-11)

에베소

에베소 옛 성터에 뜨거운 태양이 내린다
여기저기 돌기둥은 부러지고 부서지고
토막 난 돌들이 흩어져 뒹굴고 있다
어마어마하게 큰 돌덩어리다
저렇게 커다란 돌들로 건축을 하다니 –
20세기에 내놓아도 손색없다
정복자 위용을 과시하며 거닐던 대리석 도로
장사하는 사람들 분주하게 오고 갔을 거리
지구촌 곳곳에서 온 순례자들로 가득하다

Artemis 신전의 위용에 현혹된 사람들에게
바울은 담대히 하나님 나라를 전하였다
회당에서 석 달 두란노서원에서 2년
날마다 강론하였다
마술쟁이들 오만 냥 어치 마술책을 태우고
생명책을 읽기 시작하였다
에베소에
예수 그리스도 안에서
선한 일을 위하여 지으심을 받은(엡 2:10)

백성들이 말씀의 열매를 맺으며 살았다
두 해 동안 강론하던
두란노서원은 벽면만 용케 남아 있다

가이오와 아리스다고 잡아가던 연극장,
야외 음악당에는 관중이 하나도 없다
땅과 바다와 하늘의 주인이신
하나님께서
왜 그 찬란했던 도시를 허무셨는가
에베소교회를 지금까지 보존하지 않으셨는가?
능력이 없으셨는가?
교회를 유지할 힘이 없으셨는가?
주께서는 책망하셨다
너의 처음 사랑을 버렸느니라
회개하지 아니하면
네 촛대를 그 자리에서 옮기리라(계 2:4-5)
에베소 사람들 곁길로 가다가
천길 낭떠러지로 떨어졌다
지금은 알라신한테 모두 빠져 버렸다

순결한 신앙을 잃어버리고
생명의 길 떠나 허망한 길에 빠져 버렸다

예수 그리스도께서
처음 사랑을 버리고 돌아오지 않는
에베소교회를 버리고
서쪽으로
Rome으로
Geneva로
London으로
America로
Korea로
교회를 옮기셨다

▼
記

.
.
.
.
.
.
.
.

〈에베소〉

밧모 섬에서 사모스 섬까지 25톤급 배를 타고 3시간을 항해한 후 사모스에서 25톤급 배를 갈아타고 3시간의 항해를 계속하였다. 3-5m의 파도를 헤치며 항해사는 능숙한 솜씨로 보라색 바다를 가로질러 터키로 향하였다. 쿠사다시라는 항구에 내려 일박 후 아침 녘에 에베소교회 옛터를 찾아 나섰다.

에베소! "엄청나게 큰 도시였구나!"
돌덩이로 뒹구는 폐허가 돼 있으나 두란노서원 자리는 벽면이 그대로 남아 있고 군데군데 엄청나게 큰 돌기둥이 서 있다. Rome 당시 마차가 달리던 도로, 원형 극장은 아직도 건재하다.
에베소 옛터를 돌아보는 길은 적어도 5km가 넘었다. 지구촌 곳곳에서 온 순례자들이 많다. 제네바에서 왔다는 어느 순례자 가족 아버지는 감리교인, 아들딸은 칼빈주의자, 어머니는 천주교인이라며 웃는다.

바울 사도가 복음을 전하였던 옛 자리에서 에베소교회를 생각하다. 역사를 주관하시며 교회를 세우시는 주께서 에베소교회를 허무시고 지금까지 보존하지 않은 것은? "너의 처음 사랑을 버렸느니라. 회개하지 아니하면 네 촛대를 그 자리에서 옮기리라."(계시록 2:4-5)

서머나

터키의 세 번째 큰 항구도시 Izmir 한복판
Roman Catholic이 지켜오는 예배당 하나
천정에 폴리갑 순교 그림이 그려 있다

유대인들은 이곳까지 따라와 Christian을 괴롭혔다
요한 사도는 말하였다.
자칭 유대인이라 하는 자들의 훼방도 아노니
실상은 유대인이 아니요 사단의 회(會)라
네가 장차 받을 고난을 두려워 말라(계 2:9)
공중의 권세 잡은 자
감히 예수님께 덤비더니
끈질기게 바울을 괴롭히더니
오고 오는 세대 믿음의 용사들을 핍박하였다
그러나
바울은 조금도 굽히지 않았다
주 예수의 고난을 따르며 예수의 말씀을 전하였다

바울을 괴롭히고 폴리갑을 불에 태운 사단의 회(會)는
세상 끝 날까지 하나님의 백성을 괴롭힐 것이다

초대 교회 성도들을 죽이고 또 죽이더니
천년 긴 세월을 암흑으로 만들더니
바른말 하는 Huss를 태워 죽이더니
루터와 칼빈도 죽이려 쫓아다녔다
그때 바울이 전한 복음을
Rome 믿음의 선배들 카타콤에서 지키고
어거스틴은 거짓말하는 사람들 꾸짖고
루터는 천년 어둠의 터널을 뚫고
칼빈은 보검으로 명쾌하게 적들을 무찔렀다
바울이 전한 복음이
조금도 흐려지지 않고 역사의 강을 타고 흘러
동자동에 뿌리를 내리고 강변까지 흘러온 것은
하늘에 계시는 예수께서 통치하시는 까닭이다

사람의 철학과 지혜로 진리를 막더니
하나님의 말씀을 사람의 생각으로 해석하더니
성경을 하나님의 말씀을 포함한 책이라 하더니
교회를 사람들이 세우고 있다
교회를 기업으로 바꾸어 놓았다

교회를 종교 행사장으로 바꾸어 놓았다

그러나 하늘에 계신 예수께서 교회를 세우시고 있어
오늘도 교회는 서 가고 있다
큰소리 내지 않고 사람들이 세우지 않는
주님의 거룩한 통치가 임하는 교회가 있다

내가 네 환난과 궁핍을 아노니 실상은 네가 부요한 자니라
자칭 유대인이라 하는 자들의 훼방도 아노니 실상은 유대인
이 아니요 사단의 회라 네가 받을 고난을 두려워 말라…
네가 죽도록 충성하라 그리하면 내가 생명의 면류관을 주
리라(계 2:9-10)

▼

記

....
....
....

〈서머나〉

   히에라볼리 지역의 바므갈레라는 세계적인 온천 휴양지에서
하룻밤. 아침에 출발하여 빌라델비아, 사데, 두아디라, 버가모를
순례하고 이즈미르에 이르자 서녘 하늘로 하루 종일 작열하던
태양이 지고 있다. 이즈미르는 수도 앙카라, 국제도시 이스탄불
다음으로 터키에서 세 번째 큰 항구 도시이다.

   호텔에 여장을 풀기 전 Roman Catholic이 세운 교회를 답사
하였다. 터키는 현재 회교국가로서(98%) 타종교를 인정하지 않
는 상황이라 교회에 정문이 없어 담을 넘어 들어가고 나왔다. 세
상에 이러한 경우가 있다니. 교회당 안에서 주임 신부가 교회 역
사와 현황을 설명하여 주었다.

   교회 천정 복판에 폴리갑이 화형 당하는 모습의 그림이 있다.
그림 한쪽에 화가 자신을 그려 놓은 재미있는 그림이다. 종교적
인 열정과 해학을 보여 주고 있다.

   왜, 어두운 세상은 빛을 싫어하는가. 진리의 빛을 가로막고 온
유한 사랑을 역이용하여 물리력으로 핍박하고 괴롭히는가? 공
중에 권세 잡은 사단의 세력에 속하여 캄캄한 어둠에서 자기들
을 걸려 넘어지게 하는 것이 무엇인지도 모르고 죄악의 늪에서
허우적이는 불쌍한 사람들.

   주께서는 우리를 그러한 죄악이 흐르는 강에서 건져 주셨다.

버가모

그냥 조용하다
옛날은 어둠에 갇혀 까마득히 잊혀지고
찬란했던 빛의 세월은 멀리 사라졌다
발람의 속임에 영혼을 팔던 사람들의 동네
나그네는 허물어진 버가모 거리를 쓸쓸히 걷는다

사단은 속이고 또 속인다
하와를 속이더니
이스라엘 자식 손자 증손자 고손자를 속이더니
버가모까지 따라와 속였다
바보같이 속은 버가모
니골라당의 가르침을 지금까지 따르고 있다
믿음의 용사들은 모두 어디 가고
버가모 하늘에 태양은 눈부시게 빛나고
버가모 마을에는 고요만 깔려 있구나

네게도 니골라당의 교훈을 지키는 자들이 있도다. 그러므
로 회개하라 그리하지 아니하면 내가 네게 속히 임하여 내
입의 검으로 그들과 싸우리라(계 2:15-16)

記
:
:
:
:
:
:
:
:

〈버가모〉

버가모는 서머나 북쪽 80km 에게해 해안으로부터 26km에 위치한 소아시아 중요한 도시 중 하나였다. 소아시아 지역의 수도였으며 학문이 발달한 도시였다. 당시 세계에서 두 번째로 큰 도서관이 있었다. 파피루스 대신에 양피지를 사용하여 책을 만들었는데 그 양피지를 '페르가메나(pergamena' 즉 '버가모에서 만든 것'이라 불렀다.

버가모는 로마 트라야누스 황제를 숭배하는 신전과 제우스 신전이 있는 도시로, 목숨을 걸고 신앙을 지켜야 했다.

두아디라

두아디라 예쁜 소년 소녀들이 졸졸 따라다닌다
나뒹구는 돌덩어리 허물어진 건축물을
사진으로 찍고 유심히 살피는 사람들을
이상한 듯 신기한 듯 방글방글 웃으며 따라다닌다

아이들아 너희는 누구냐
아이들아 너희는 우리가 누구인 줄 아느냐
어찌하여 너희와 우리가 모르는 사람이 되었느냐
너희와 우리 가장 가깝고 가장 사랑하여야 하는데
어찌하여 머나먼 사이가 되었느냐

우리에게 주신 보물을
너희 동네에는 2천 년이나 먼저 주셨는데
너희 할아버지의 할아버지 그 할아버지의 할아버지가
보물을 간직하지 못하고 마귀에게 빼앗겨
너희에게 보물을 유산으로 물려주지 못하고
속임의 늪에 빠져 허우적이며 헤어나지 못하고
귀엽고 예쁜 너희를, 순하고 순한 너희를
저 무서운 마귀 앞에 세워 놓았구나

〈두아디라〉

두아디라는 버가모에서 남동쪽 65km 거리에 있다. 버가모에서 사데와 라오디게아로 가는 교통과 상업의 요지였다. 금속 세공업과 옷감 염료산업이 발달하여 이곳의 옷감이 에게해를 건너 빌립까지 진출하였다.

바울 사도가 빌립보에서 만난 자주장사 루디아가 이곳 두아디라 출신이다. 자주색 옷감은 당시 상류사회를 나타내는 옷감이었다.

두아디라 동네에 들어서니 귀엽게 생긴 어린아이들이 따라다닌다. 자기 동네에서는 방치하고 돌아보지 않는 돌덩어리, 허물어진 건축물을 열심히 살피면서 사진을 찍는 모습이 신기한 모양이다.

어찌하여 너희의 할아버지들은 신앙을 지키지 못하고 너희에게 물려주어야 할 신앙을 까마득히 잃어버렸나? 너희 동네는 돌덩어리만 나뒹구는 폐허가 되었느냐?

사데

고요하다
환한 햇살이 널려 있다
말끔하게 다듬어진 돌기둥
둘레 5m, 높이 20m 거대한 돌기둥
우뚝우뚝 서 있는 사데
아무도 없다
모두 어디로 갔나
아름다운 사데를 두고 어디로 갔나
사데에 살던 사람들 모두
저 엄청난 돌덩이에 깔렸나보다
회개하라 했는데 회개하지 않더니
도적같이 이른 어느 때(時) 진노에
사데는 땅 아래 묻히고
거대한 돌기둥만 쓸쓸히 서 있구나

내가 네 행위를 아노니 네가 살았다 하는 이름은 가졌으나
죽은 자로다(계 3:1)

▼
記
:
:
:
:
:
:
:
:
:

〈사데〉

사데는 두아디라에서 남동쪽으로 48km 거리에 있는 큰 도시였다. Arteneis 신전이 B.C. 6세기에 세워졌다가 알렉산더 대왕에 의하여 다시 세워졌는데 이는 그리스 시대에 가장 큰 신전으로 비잔틴 시대까지 존속하여 교회로 사용되었다.

돌기둥의 둘레는 성인 6명이 팔을 이어야 할 만큼 거대하다. 지금은 거대한 돌기둥만 서 있고 정적만 흐른다.

사데를 찾아간 시간은 아침 9시. 환한 햇살 아래 그 자태를 드러내는 사데의 모습은 아름다웠다. 사데 유적지를 둘러싸고 있는 그리 높지 않은 산은 바위와 소나무가 어우러져 마치 우리나라 번산에 온 듯히였다.

빌라델비아

특별하게 두드러진 경관은 없으나
구릉(丘陵)이 넓게 펼쳐진 빌라델비아
높은 언덕에 올라 남녘을 바라보면
아스라이 라오디게아가 보이고
평원이 끝나는 높은 산 아래 골로새가 보인다
빌라델비아 라오디게아 빌립보 삼각지대 세 교회
고린도에서 로마에서 보낸 사도서신 함께 읽던 교회

네가 적은 능력을 가지고도 내 말을 지키며 내 이름을 배
반하지 아니하였도다(계 3:9)
우리는 날마다 말(言)로 생각(思)으로 발길(行)로
주님을 배반하는 염치없는 사람들인데
빌라델비아교회는 주님을 배반하지 않고
말씀을 지켜 칭찬을 받았다
사단의 회원들이 네 앞에 무릎 꿇고 절하게 하리라
내가 너를 사랑하는 줄을 알게 하리라
빌라델비아 교회는 칭찬을 받았다

▼

記

. . . .

⟨빌라델비아⟩

　에베소 북동쪽 150km, 사데 남녘 48km, 라오디게아 북녘 10km 골로새 서북쪽 30km에 위치한 빌라델비아는 넓은 구릉 (丘陵).

　사도 바울이 3차 여행 중심지 에베소에서 3년간 사역할 때 세워진 빌라델비아 교회는 칭찬을 받는 교회였다.

　주게서 말씀하시기를 "네가 적은 능력을 가지고도 내 말을 지키며 내 이름을 배반하지 아니하였도다."

　주님의 칭찬을 받는 교회가 과연 몇이나 될까?

　교회는 주님의 칭찬을 받아야 마땅하거늘 책망을 받는 것이 다반사(茶飯事)요, 오히려 자연스러우니… 지상의 교회들 부끄러운 줄 모르고 잘난 체만 한다.

　빌라델비아 가는 길에 바묵갈레라는 세계 10경의 온천지역이 있다. 온천수가 시냇물처럼 흐르는 곳이다. 나그네들은 온천 시냇물에 발을 담그고 호텔 온천 수영장에서 수영도 하였다.

　주 하나님께서 저 온천수보다 따뜻하고 뜨거운 사랑, 식지 않는 사랑을 쉼 없이 베풀어 주시는데 은혜를 배반하는 사람들은 하나님을 사랑하는 마음은 식어 차갑고 자기만을 사랑한다.

라오디게아

라오디게아 옛터 허물어진 석축이 쓸쓸하다
밀밭을 거닐며 옛 성도들 생각에 잠기는데
소년들이 옛날 동전을 쥐고 따라다닌다
미국 돈으로 로마 돈을 사라고 따라다닌다
아이들아 왜 시커먼 옛날 돈만 캐느냐
너희 밀밭 아래 보화가 가득하였는데
시커먼 돈만 보이는 것이냐
감추인 보화를 캐려하지 않느냐

라오디게아 마을 옆으로 큰 개울이 흐른다
멀리 히에라볼리 근방 바묵갈레 온천물이
이곳까지 10km 흘러오면 덥지도 차지도 않은 개울이 된다
주님은 라오디게아 교회를 책망하였다
네가 부요하여 부족을 모르나 네 곤고와 가련과 가난, 눈
먼 것, 벌거벗은 것을 알지 못한다. 네가 미지근하여 덥지
도 차지도 않도다(계 3:15-17)
옛날 라오디게아는 부자 동네였단다
왜 사람들은 부자가 되면
게으르게 되는가

교만하게 되는가
하나님을 잊어버리는가
옛 성도는 기도하였다
"여호와여 부하게도 마옵시고 가난하게도 마옵소서"

▼

記
················
················
················
················
················
················
················
················

〈라오디게아〉

골로새에서 4-5km쯤 서쪽 라오디게아 옛 성터가 있다. 옛 성터는 밀밭이 되고 여기저기 허물어진 돌 더미가 쓸쓸하다. 부유했다는 라오디게아 옛 성터에서 로마시대 화폐를 발굴한 소년들이 로마 화폐를 미국 달러와 바꾸자고 따라다닌다.

작열하던 태양은 서녘으로 사라지고 라오디게아 들판에 어둑어둑 어둠이 내린다. 서녘 하늘에 초생달이 걸려 있다. 이제는 아무도 살지 않는 라오디게아를 뒤로 하고 10km 쯤 거리의 오늘밤 쉬어 갈 세계 10대 절경이라는 바묵갈레 호텔로 향하였다.

아레오바고 연설

아레오바고 연설
고린도
에게해
밧모 섬

우주와 그 가운데 있는 만유를 지으신 하나님께서는
천지의 주재시니 손으로 지은 전(殿)에 계시지 아니하시고
만민에게 생명과 호흡과 만물을 주시고
온 인류를 온 땅에 거하게 하시고
저희의 연대를 정하시며 거주의 경계를 한하였으니
(사도행정 17:24-26)

아레오바고 연설

Athene 뒷산 Acropolis에 오르면
거대한 파르테논 신전 우뚝 서 있고
산자락마다
신전 허물어진 자리 석주(石柱)만 서 있다

사람들은 알고 싶었다(Philo Sophia)
하늘의 별을 보면서
높은 산을 오르면서
끝없는 바다를 가다가 돌아오면서 물었다
왜?
만물의 근원은 물이다
만물의 근원은 불이다
아니다 무한자(無限者)다
공기다 수(数)다
흙, 물, 불, 공기의 결합이다

철인들은 눈을 크게 뜨고
"사람은 무엇인가?" 물었다
인간은 만물의 척도다

인간의 목표는 행복이다

행복해지기 위하여 Sophia를 Philo해야 한다

그러기 위해서 너 자신을 알아야 한다

아 모르겠다

혼돈이다

　"있는 것은 영원히 있고 없는 것은 영원히 없다

　아무것도 존재하지 않는다.

　존재하더라도 인식할 수 없다.

　모든 판단은 진리이며 동시에 허위다"

그들은 신이 필요했다

신을 만들고 웅장한 신전을 세웠다

그러나 신들은 신전에만 앉아 있었다

Phthagoras는

"신들은 있는지 없는지 알 수 없다" 말하고

도망하다 물에 빠져 죽었다

Socrates는

"이상한 신을 신봉한다"는 죄목으로

독배를 마셔야 했다

Acropolis 언덕 토론의 광장 아레오바고

바울은 아레오바고 언덕에서

사신(邪神)이 앉아 있던 파르테논 신전을 바라보며

깊은 어둠에 갇혀 있는 무지와 허구를 바라보며

사유(思惟)의 방랑자 철인들에게 강론하였다

Stoa, Epicurus 철학자들을 가르쳤다

우주와 그 가운데 있는 만유를 지으신 하나님께서는 천지
의 주재시니 손으로 지은 전(殿)에 계시지 아니하시고 만민
에게 생명과 호흡과 만물을 주시고 인류를 온 땅에 거하게
하시고 저희의 연대를 정하시며 거주의 경계를 한하셨다(행
17:24-26)

▼
記
⋮
⋮
⋮
⋮
⋮
⋮
⋮
⋮

〈Athene〉

　안내자의 얘기로는 작년에는 더위로 3천 여 명이 죽었는데 금년에는 현재까지 1천 명 정도가 죽었다 한다. 순례자들은 더위 정도는 아랑곳하지 않고 파르테논 신전이 있는 아크로폴리스에 오르다. 파르테논 신전은 과연 7대 불가사의 중의 하나답게 그 위용이 사람들을 압도하고 또 사람들의 문화유산으로 거대한 모습으로 서 있다. 19세기에 오스만 터키 군이 신전 안에 화약을 쌓아 놓았다가 폭발하는 바람에 벽과 지붕이 부서졌다 한다. 그러나 남아 있는 기둥, 건축 면적, 여기저기 서 있는 석상들의 규모와 크기, 그 조각들의 모습에서 희랍 당시의 문명을 읽을 수 있었다.

　파르테논 오르는 언덕에 아레오바고 연설장이 있었다 한다. 언덕에서 바라보면 에게 바다와 산자락에 듬성듬성 서 있는 고대 그리스의 유적들이 한눈에 들어오고, 바로 앞에는 거대한 파르테논 신전이 서 있다. 비록 사람의 생각과 눈에는 거대한 모습으로 사람들을 현혹하고 있었을지라도 바울 사도의 눈앞에는 허망한 철학과 허구로 서 있는 석조물, 가증스러운 우상의 모습으로 보였을 것이다. 사신 우상에 빠지고 확실한 답이 없는 철학에 얽매여 인생을 낭비하고 있는 불쌍한 사람들에게 진리를 가르쳤다. 그러나 그들의 어둠이 너무 깊어 바울이 가르치는 진리를 깨닫지 못하였다.

고린도

Athene에서 200리 서쪽 펠로폰네소스 반도 초입
남서 양쪽에 무역항을 두었던 부의 도시 고린도
에게해를 건너온 동양의 비단, 금, 은, 보석
겐그리아 항구에 머물고
서양의 문물은 아드리아해를 건너와
레기움 항구에 정박하고 있었던 무역 도시 고린도

뒷산 꼭대기에서 아프로디테 사신(邪神)이 내려다보던
고린도식 건축이 화려했던 고도
무역, 상업으로 돈이 많던 도시
부귀와 영화가 어우러진 환락의 도시
두 번 세 번 지진으로 돌더미만 뒹군다
찬란했던 고린도 무너진 성터
고린도식 돌기둥은 반 토막으로 서 있다

돈과 환락과 우상이 가득한 고린도 성에
바울은 씨를 뿌리고 또 뿌렸다
일 년 반 동안 씨를 뿌렸다

고린도에는
우상의 자갈밭이 많았다
이생의 자랑과 돈에 눈먼 사람이 가득한
엉겅퀴밭이 많았다
그러나
구석구석에 옥토가 있었다
바울이 뿌린 씨는
싹이 트고 잎이 돋아 자라기 시작했다
아볼로는
돋아난 새싹에 물을 주고 가꾸었다

바울이 고린도에 보낸 편지 두 편
오고 오는 교회에 보낸 교훈서
＊바울, 게바, 아볼로 모두 예수 그리스도의 종 사도다
＊끼리끼리 니 편 내 편 하지마라
＊너희는 하나님의 성전이니 거룩하여 더럽히지 말라
＊먹든지 마시든지 무엇을 하든지 하나님의 영광을 위하라
＊너희는 그리스도의 몸이요 지체의 각 부분이니라
＊사랑하라 사랑하라 서로 사랑하라

고린도 옛 성터 재판을 받던 자리 Bema
환락의 목욕탕 자리 돌덩이 위에
뜨거운 뙤약볕이 내리고 있다
아름답던 고린도식 기둥은 부러져 뒹굴고
돈을 자랑하던 고린도 성
허물어져 영화의 흔적도 없고
돌덩어리만 뒹구는 폐허가 되었다

사람들의 죄악이 관영하면
뉴욕 마천루,
동경의 튼튼한 빌딩,
홍콩 빌딩 숲,
지구촌 곳곳에 서 있는 Tower
어느 날 저녁 갑자기 허물어지는 걸
그대는 아는가
주께서 조금만 흔들면
한 줌 콘크리트 가루가 되는 것을
거추장스런 쓰레기가 되는 걸

사람들은 알고 있는가

오늘도 사람들은
이생을 자랑하고 있다
돈을 사랑하고
환락을 일삼고
투기, 미움, 교만, 탐욕, 분쟁, 사기, 살인, 비방의 늪에서
허우적이며 헤어나지 못한다

記
:
:
:
:
:
:

〈고린도〉

　이스라엘의 출입국 심사는 세계에서 가장 까다롭고 어렵다. 조그만 땅덩어리와 겨우 350만의 인구로 빙 둘러 있는 수억의 아랍과 대치하여 있는 상황에서 이해가 가는 일이다. 그리스 비행기에 오르니 비너스의 후예라고 보기에는 너무 크고 억센 그리스 여인들이 떠드는 소리가 비행기 안을 가득 메운다. 여인들의 떠드는 소리는 아테네 공항에 내릴 때까지 계속되었다.

　아테네 공항에서 곧장 펠로폰네소스 반도에 있는 고린도를 향하였다. 반도 초입에 고린도 운하가 있어 이제 펠로폰네소스는 섬이 된 셈이다. Rome 네로 황제 때 운하를 파기 시작, 중단하였다가 1882년 공사를 다시 시작하여 완성한 운하는 폭 25m, 높이 70m, 길이 6km이다. 로마 당시에는 배를 육지로 끌어올려 지났다 한다.

　화려했던 고린도식 건축은 두 번의 지진으로 옛 영화는 간데없고 돌덩어리들만 뜨거운 햇볕 아래 뒹굴고 있다. 동쪽 높은 산 언덕에는 풍요의 여신 아프로디테가 서 있었다. 고린도는 상업과 무역의 도시로 돈이 많고 우상과 환락이 어우러진 매우 난잡한 도시였다 한다. 그러한 곳에서 바울은 2년이나 자비량으로 아굴라, 브리스길라와 텐트 만드는 일을 하면서 씨를 뿌리고 진리의 빛을 비추었다. 바울은 씨를 뿌리고 아볼로는 가꾸었다.

에게해

큰 바다 지중해 한 녘 – 에게해
바닷물이 온통 보랏빛이다
보랏빛 바다 위로 하얀 여객선이 미끄러지고
물보라에 부서지는 햇살이 눈부시다

에게해
지혜를 뽐내던 철인들 명상의 바다
사신(邪神)이 우글거리던 헬라의 바다
상인들 금은을 실어 나르던 바다
페르시아 스파르타 로마 힘 겨루던 바다
모두
에게해 밑으로 가라앉고
역사의 뒤안으로 사라지고
보랏빛 물결만 출렁거린다

그 옛날
바울사도 에게해에서
주께서 보이시는 Vision으로
보랏빛 수면을 응시하였으리!

저-기
하늘과 바다가 맞닿는 곳 너머
복음의 씨를 뿌리면
주께서 기르시고 가꾸시고 열매를 맺게 하시리!
바울 사도 실어 나르던 복음
곳곳에 뿌리내리고 열매를 맺어
열매의 씨는 지구촌 구석구석으로 퍼져
헛된 지혜와 철학에서
우상이 우글거리던 땅에서
헬레니즘 휴머니즘 수렁에서
허우적이던 사람들을 건져 놓았지
새 밭을 일구어 꽃피우고 열매를 거뒀지

그때
먼 데 보랏빛 바다를 응시하던 바울은
1885년 Korea에 복음의 씨가 날아갈 줄
1988년 Korea의 나그네가 당신의 길을 찾을 줄
Korea 한강변에 진리가 닻을 내릴 줄
꿈꾸었을 것이다

에게 바다 건너던

영웅 지혜자 상인들

모두 역사의 뒤안으로 사라지고

바울 선생 땀방울은

오늘도 에게 바다 위에 햇살처럼 빛나고

동방의 나그네는 에게 바다 위에 펼쳐지는

바울 선생의 얼굴을 바라본다

記

. . . .

〈에게해〉

　아테네 공항에서 난처한 상황에 부딪혔다. 오늘의 일정은 사모스 섬까지 비행기로 사모스에서 밧모 섬으로 배를 타고 가야 하는데 우리 일행 45명 중 비행기 표 6매가 모자란단다. 우리 때문에 비행기가 뜨지 못하고 있다. 내게 떠오르는 생각 '혹시 배로?' Guid에게 밧모섬 행 여객선이 있는지 알아보라 했더니 마침 12시 출발하는 배가 있다.

　아테네 항구에서 6명은 10만 톤급 여객선에 올랐다. 장장 12시간 에게해를 항해하는 뜻하지 않았던 기회를 가지게 되었다. 겨우 구한 우리의 승선표는 3등실. 뜨거운 햇볕을 고스란히 받아야 하는 3등실은 천 명이 넘는 젊은이들로 발 디딜 틈이 없다. 나는 외교 실력을 발휘하여 선장의 허락을 받아 3층 1등실 식당으로 올라가 열두 시간 시원하게 에게해를 항해할 수 있었다.

　에게해 물빛은 온통 가지색 보랏빛이다. 신기하다.

　일리어드, 오디세이. 시와 철학을 나르고 동서 무역이 이루어진 인류 문명 역사의 현장. 트로이 전쟁, 페르시아 전쟁, 펠로폰네소스 전쟁의 현장은 모두 역사 속으로 가라앉고 이제 에게해는 조용하다 . 치열했던 역사, 피비린내 나는 역사의 현장을 검과 창을 들지 않고 진리의 복음을 들고 이 거친 바다를 항해하였던 바울 사도를 생각하며 12시간의 항해는 지루하지 않았다.

　낮 12시 아테네 항구를 출발한 여객선은 밤 12시에 우리를 밧모 섬에 내려 주고 밤바다를 가르며 그레데 섬으로 갔다.

168

밧모 섬

새벽녘 창문을 여니
밧모 섬에 달빛이 가득히 깔려 있다
달빛이 내려오는 푸르스름한 하늘 아래
산꼭대기 성(城)이 신비롭다
고도(孤島) 밧모 섬에 환한 햇살이 퍼진다
호수처럼 잔잔한 바닷가
올리브나무 나뭇잎이 아침 햇살에 반짝인다
한 폭의 그림이다

그때 요한 사도는
저기 산자락 동굴에서
주께서 내리시는 계시를 편지를 썼다.
귀 있는 자는
성신이 교회들에게 하시는 말씀을 들을지어다

에베소교회여
　너의 처음 사랑을 버렸느니라
　네 촛대를 그 자리에서 옮기리라

서머나교회여
　네가 장차 받을 고난을 두려워 말라
　네가 죽도록 충성하라 생명의 면류관을 네게 주리라

버가모교회여
　니골라 당의 교훈을 지키는 자들이 있도다
　회개하라 그렇지 아니하면 내 입의 검으로 그들과 싸우
　리라

두아디라교회의
　사랑과 믿음과 섬김과 인내를 아노라
　그러나 이세벨을 용납하여 행음하는구나

사대교회에는
　더럽히지 아니한 자들이 있어
　흰옷을 입고 나와 함께 다니리라

빌라델비아교회를 칭찬하노니
　적은 능력을 가지고도 내 말을 지키며

내 이름을 배반치 아니하였도다

라오디게아교회여
   네가 차지도 아니하고 더웁지도 아니하도다
   네가 부자라 하나 네 곤고 가련 가난
   눈 멀고 벌거벗은 것을 알지 못하는 도다

주께서 요한에게 말씀하셨다
나는 알파와 오메가요 시작과 끝이라(계 22:13)
내가 진실로 속히 오리라(계 22:20)
요한은 대표로 기도하였다
아멘 주 예수여 오시옵소서(계 22:20)

▼
記
⋮
⋮
⋮
⋮
⋮
⋮
⋮
⋮

〈밧모 섬〉

밧모 섬의 새벽은 아름다웠다. 호텔 창밖으로 펼쳐진 바다가 환상적이었다. 그믐 달빛이 잔잔한 바다 위에 반짝이고 저기 산 꼭대기 성은 신비롭다. 동이 트고 아침 햇살 아래 드러나는 해변은 매우 평화롭고 깨끗하다.

아침 식사 전에 바다에 들어가 수영을 하였다. 별로 깊지 않고 해초 사이로 갖가지 고기들이 유영하는 모습은 오래도록 기억에 남을 것이다. 밧모 섬의 새벽과 아침은 아름다웠다

산정에 있는 성으로 가는 길에 요한 사도가 살았다는 동굴이 있다. 동굴 주변은 하얀 건물들이 있어서 동굴의 독특한 분위기가 없어 별로 좋지 않았다.

산언덕에서 밧모 섬을 조망하였다. 섬이 별로 크지 않아 한눈에 섬 전체가 들어온다. 지금은 그리스와 유럽 사람들의 휴양지로 바뀌었으나 옛날 사도 요한이 유배지로 왔을 때는 황량한 섬이었을 것이다. 햇볕만 내리고 먹을 것도 없는 척박한 유배지 섬이었을 것이다.

ROME

Rome
콜로세움
베드로성당
카타콤

헬라인이나 야만이나 지혜 있는 자나
어리석은 자에게 다 내가 빚진 자라
그러므로
나는 할 수 있는 대로 로마에 있는 너희에게도
복음 전하기를 원하노라

(로마서 1:14-15)

ROME

Rome에 가면

콜로세움

베드로성당

카타콤

이 있다

너는
나는
어디에 속하여 사는가?

〈영원한 도시 로마〉

모든 길은 로마로 – 로마는 최고(最古.最高)의 도시다.

로마에 가면 콜로세움, 베드로 성당, 카타콤이 있다. 우리네 인생을 말해 주는 세 곳이 있다.

〈콜로세움〉 사람들의 영화의 상징, 로마 시민의 쾌락을 위하여 검투사들에게 죽고 죽이는 칼싸움을 시키고, 미치광이 네로가 믿음의 선배들을 사자들이 물어뜯게 하던 콜로세움.

〈베드로성당〉 종교 행사장, 하늘의 하나님이 내려다보시는데 감히 교황이라는 사람이 황제가 되어 사람들 위에 군림하는 곳. 큰 건물을 지어 그 위용으로 사람을 오그라지게 하여 교황을 섬기게 하는 베드로 성당.

〈카타콤〉 신앙의 선배들이 로마의 핍박을 피하여 숨어 들어간 공동묘지 카타콤.

세 곳을 돌아보면서 나는 지금 어디에 속하여 있는가? 묻지 않을 수 없었다.

나의 본향(本郷) 카타콤에서 조용히 울었다. 믿음의 선배들은 캄캄한 지하 무덤에서 그저 생존이 전부였을까? 냄새나는 무덤에서 오직 찬송과 기도가 삶의 전부였을 믿음의 선배들을 생각하니 눈물이 주르륵주르륵 흘러내렸다.

흐르는 눈물을 닦으며 서울 구석 어느 셋방에서 오늘을 살아가는 가난한 형제들을 생각하였다.

콜로세움

그대는 저 함성을 듣는가?
약한 사람들 죽이고 돌아온 개선장군을 환호하는
저 로마 시민들의 함성을 듣는가?
"힘이 정의"라 외치는 로마 용사들의 외침
"Rome은 영원하리라" 웅변하는 호민관
저들 승리의 고함소리 들리는가?
씹어서 뱉는 먹는 놀이에 빠지고
사람이 사람을 죽이는 검투를 즐기던 Rome
여자 노예 건장한 남자 노예와 성희에 빠진 귀족들
더 즐겁게
더 즐겁게
쾌락의 늪에서 허우적이더니
북녘 만족(蠻族)의 맨발 아래 짓밟혀
Rome은 스러져 갔다

노예들의 처절한 검투, 칼 부딪는 소리
고향 떠난 노예들이 밤마다 흐느끼던
로마 뒤안에서 들려오는
저 사람들이 이를 갈며 신음하며 흐느끼는

저 노예들의 울음소리를 듣는가
천진하게 뛰놀던 어린아이들
부모랑 아내랑 오순도순 살던 사람들
이웃과 평화롭게 살던 사람들
죽이고 뺏어와 즐거움을 누리던 Rome
전리품을 나누는 즐거움에 빠진 Rome
검투사와 맹수의 싸움을 즐기던 Rome
Rome의 영화는 스러져 사라지고
허물어진 콜로세움 잔해는 해골이다
한낮에 보아도 흉물스럽다
덧없는 영화, 쓸쓸한 뒷모습이 처량하다

그대는 들리는가?
저 미치광이 네로의 발작하는 소리가
그때
이곳 콜로세움에서
사자에 찢기고
장작불에 타던 믿음의 용사들은
미치광이의 웃음을 넘고

죄악이 가득한 Rome 시민의 탐욕을 넘고

사람의 벽을 넘어

영구한 도성을 바라보았다

조용히 하늘을 보고 웃었다

거기 계시는 주 예수를 보고 웃었다

기도하였다

"내 영혼을 받으소서!"

베드로 성당

〈베드로는 십자가에 매달려 순교했다고 유세비우스는 전한다.
베드로를 추앙하던 사람들은 바티칸 언덕에 순교자를 묻고 그곳에
기도처를 마련하였다.〉

교황 율리우스 2세가 미켈란젤로에게
설계하라 넓고 길고 높게 바벨탑처럼 크게
너비 115m 길이 199m 높이 119m
1506년 짓기 시작 1626년 마친 위대한 베드로성당
미켈란젤로, 다빈치, 미카엘로, 라파엘로, 베르니니
천재 화가들의 걸작 전시장을 세웠다
사람들이 소원을 빌고 빌며 문지르고 문질러
피에타, 베드로 동상, 청동성좌는 닳고 닳았다
위대한 성당은 건축비가 필요하였다
머리 좋은 사람이 꾀를 내었다
면죄부를 팔자고
나쁜 짓 실컷 하고도 천당에 가는 길
회개하지 않고도 천당에 가는 길을 내었다
돈으로 사람의 힘으로
천당문을 열겠다고?

루터는 외쳤다
"하나님의 말씀은 누구나 읽을 수 있고
 누구나 하나님께 예배하고 찬송할 수 있다"고
감히 95개조 의견서를 제출하여 교황을 화나게 하였다
천년 어둠에 횃불을 밝혔다
긴- 어둠의 굴을 벗어나라 외쳤다
참말을 하였다

지금도
목사들은 장로들은 베드로성당을 지으려고
밤마다 꿈꾸고 새벽마다 기도한다
"제일 큰 예배당을 짓게 하옵소서"
"교인은 몇 명입니까? 헌금은 얼마나 걷힙니까?"
너도나도 한몫하려고 서슴없이 묻고 대답한다
아무개는 목회에 성공했다 아무개는 목회에 실패했다
사람들은 묻는 일이 별로 없습니다
교회에 말씀이 풍부합니까?
사랑이 있습니까?

생활의 열매가 있습니까?
권징이 있습니까?

하늘의 하나님께 가는 길을 막고 서 있는 베드로성당
무소부재 하나님을 그림 안에 가두려는 성화들
중보자의 자리를 가로채는 교황
관광 명소 미술전시관으로 관광 수입이 짭짤한 성당
누가 막을 수 있으랴?
저 거짓을
저 무지를
저 교만을
저 탐욕을
바벨탑을 허물어 버리신 주께서 다시 오시는 날
처참하게 부서지리니
허망하게 사라지리니

카타콤

영원한 도시 Rome 변두리
땅 속으로 1층 2층 3층 석회암 공동묘지
미치광이 네로의 발작을 피하여
철인(哲人) 아우렐리우스 핍박을 피하여
로마 병정들 추격에 쫓겨
예수 믿는 사람들 카타콤으로 들어갔다
시체가 누워 있는 카타콤으로 들어갔다

냄새나는 깜깜한 무덤에서 할 수 있는 유일한 일
기도하고 찬송을 우렁차게 부르는 일밖에
부활의 소망을 노래하였다
Rome의 시민권을 버리고
영구한 도성의 시민이 되었다
콜로세움의 열락(悅樂)을 버리고
선하고 순한 사랑의 공동체를 이루었다
시체 썩어 냄새나는 카타콤에서
무덤에서 살아나신 예수를 찬송하였다
Rome의 덧없는 영화를 버리고
하늘의 영광을 찬송하였다

땅 끝까지 이르러

제네바
런던

예수께서 나아와 일러 가라사대
하늘과 땅의 모든 권세를 내게 주셨으니
그러므로 너희는 가서
모든 족속으로 제자를 삼아
아버지와 아들과 성령의 이름으로 세례를 주고
내가 너희에게 분부한 모든 것을 가르쳐 지키게 하라
볼지어다
내가 세상 끝 날까지
너희와 항상 함께 있으리라 하시니라

(마태복음 28:18-20)

제네바

알프스 산골짜기 아름다운 동네
깊은 산속 조용한 동네 제네바
눈 녹은 물이 모인 레만 호수에 백조가 노닐고
저기
만년설을 이고 있는 알프스 몽블랑
하얀 봉우리를 휘감는 하얀 구름
산등성이에 돋아난 풀을 뜯는 양 떼
산자락에 피어난 앙증스런 작은 꽃들
그 아래
도회 문명에 시달린 사람들의 깨끗한 쉼터 샤모니

태초에 하나님이 천지를 창조하시니라
······································
하나님이 보시기에 좋았더라(창세기 1장)

하나님께서 만드시고 보시기에 좋았던 알프스
만드신 그날부터 그 자리에 서 있는 알프스
알프스 산자락 아름다운 동네 제네바에서
"사람은 전적으로 부패했다"라고

죤 칼빈은 말하였다

"죽음은 하나님을 떠난 죄의 삯이니 무덤을 만들지 말라"

기어이 초라한 무덤을 만들어 놓은 Calvinist들

무덤을 만들 것이 아니라

칼빈의 가르침을

칼빈을 가르친 하나님 말씀을

마음에 묻고

목숨에 묻고

뜻에 묻어

언행심사(言行心思)

꽃 피우고 열매를 맺게 하면

얼마나 좋을까?

記
:
:
:
:
:
:
:

〈제네바〉

　ROME에서 GENEVA로 가는 비행기에서 내려다본 알프스는
참 아름다웠다. 승객들이 알프스의 장관을 구경하도록 비행기
는 알프스 상공을 한 바퀴 돌아 주었다. 알프스 산자락에 레만
호수가 나타나고 호숫가에 제네바가 나타났다. 제네바 공항에
서 곧바로 몽블랑을 향하였다. 가고 오는 길 양옆으로 펼쳐지는
알프스의 풍경은 어릴 때 동화에서 읽으며 상상했던 바로 그 모
습이다. 풀을 뜯고 있는 양들의 한가로운 모습, 산자락에 피어난
각양각색의 작은 꽃들… 아름다운 알프스 몽블랑 꼭대기가 보
이는 3,800m 지점까지 케이블카를 세 번에 걸쳐 나누어 타고
오르다. 아 알프스에 오르다.

　하나님께서 이렇게 아름다운 산을 만들어 주셨다. 이 알프스
보다 더 아름답게 지어진 사람이 전적으로 부패하여 누추하여
졌다. 이곳 산속으로 피난 온 칼빈 선생은 전적으로 부패한 사람
을 다시 회복시켜 주신 예수님의 가르침을 바르게 해명하여 오
고 오는 세대에 큰 가르침을 주었다. 이 아름다운 알프스 산자락
제네바에서.

LONDON

신사의 나라 영국 London
서툰 영어를 예의를 갖추어 들어 주고 천천히 말하고
거리의 남자들은 거의 넥타이를 매었다
상냥한 여인들은 고상한 품격을 뿜어내고
공원을 거니는 사람들은 한가롭고 여유롭다
미개한 섬나라 해적의 나라가
하나님의 통치를 받더니
고상한 나라가 되었다 신사의 나라가 되었다
성공회 장로교 감리교 구세군 산실이 되었다
그런데
위대한 신앙고백의 산실
Westminster Abbey는
공동묘지가 되었다
종교 행사장이 되었다
왕실의 의전장(儀典場)이 되었다
지구촌 나그네들 관광 명소가 되었다

▼

記

⋮

〈LONDON〉

제네바 공항에서 영국항공을 탑승하는 순간부터 다르다. 여직까지의 긴 여행에서 느끼지 못한 고상한 분위기다.

서울에 가면 자랑할 피사체가 많다.
열심히 사진 촬영을 하였다.
템즈 강변, 국회의사당. LONDON BRIDGE.
궁전 근위병. 빨간색 이층버스. 대영박물관.

미개했다는 섬나라에 복음이 들어오고 하나님의 말씀이 능력있게 나타나니 고상한 나라 큰 나라가 된 것이다.
신앙고백서 대요리 문답 소요리 문답의 산실 WESTMINSTER ABBEY에 찾아가니 세계 곳곳에서 몰려온 여행객들로 발 디딜 틈이 없다. 관광 명소가 되었다. 사원 한쪽에는 왕과 주교들의 무덤들이 있고 처칠의 비석, 무명용사들 추모비가 바닥에 박혀 있다. 한때 하나님을 예배하고 찬송하던 예배당이 영국의 의전장이 되어 있다.

後山 유영춘의 詩 世界

석산 김헌수

後山 유영춘의 詩 世界
—『성지 그리고 폐허』를 중심으로

석산 김 헌 수

Ⅰ

후산(後山) 유영춘의 거실에는 시가 걸려 있다. 세미나 참석 차 춘천에 갔을 때 떨어지는 낙엽을 보면 떠오른 시상을 옮긴 것이라고 한다. 화선지에 쓴 그 시에는 후산의 배경 그림도 있다.

당신은
片片이 나는 낙엽을 보았는가
저리도 아름답게 지상에 앉는 모습을 보며
당신은 노래를 하지 않겠는가?

落葉은
오늘 지상에 앉기 위해 오랜 日月을 살아왔다오
당신은
裸木에 물이 오르고 새순이 돋는 모습을 보았을 것이오

안개를 거두어 내는 햇살처럼

忍冬의 마른 가지에서 피어나는 새순의 모습은

엄마 품 안에서 방긋 웃는 아기의 얼굴이었던 것을

당신은 기억할 것이오

5월 하늘을 향해

연푸른 모습으로 단장한 新綠은

당신의 걸음을 가볍게 하지 않았소

서녘 하늘에 초생달 걸려 있는 초여름밤

푸른 내음을 지상에 뿌려 주던 신록 냄새를 맡으며

우리는 살아가는 기쁨을 누리지 않았소

당신은

太陽을 향해 하늘거리는 미루나무를 보았지요

강가에서

산모롱이에 서서

참외밭 둑에 서서

찬란한 햇살 아래 팔랑거리는

미루나무 아래서

우리는 시원한 잠을 자며 꿈을 꾸었지요

환한 햇살과 푸른 잎으로

여름은 아름다웠소

落葉은 오늘 조용히 地上에 나렸소

꽃을 피우고 果實을 맺어 온 落葉을 보며

아름다운 日月을 살아온 落葉을 보며

한 잎 두 잎 나려서 깔린 落葉을 보며

당신에게 노래를 보내오

— 「落葉」(1990. 11. 03. 아침)

Ⅱ

필자는 후산보다 10년 연하이다. 그러나 신앙 고백이 같고 행보가 같았기에 그런 나이 차이는 사귐에 장애를 주지 않았다. 함께 오른 산만 해도 20여 개를 헤아린다. 떨어지는 나뭇잎에서 인생의 사계(四季)를 노래하는 후산과 산행하는 것은 또 하나의 다른 세계를 얻는 것이었다.

우리는 함께 설악산에 갔었다. 못이 백 개라는 백담계곡(百潭溪谷)을 지나 대청을 넘어 수렴동 계곡에 텐트를 쳤다. 저녁을 먹고 이런저런 이야기를 하다가 후산은 조용히 배낭을 열고 비닐로 겹겹이 싼 것을 꺼내 풀었다. 화선지가 나왔고 거기에는 '石山 爲 金獻洙'라는 붓글씨가 씌어 있었다. 石에서부터 자갈과 모래와 흙이 나오고 그 흙에서 생명이 자라니 石은 근본의 의미가 있고, 또한 匠人이 커다란 돌과 씨름하여 작품을 만들어 내기 때문에 장인 정신을 거기에서 볼 수 있다면서 石山이라는 호를 지어 주었다. 우리는 그렇게 산행을 했다.

어느 아름다운 산에서 후산은 말했다. "산이 수려하고 아름답지만 가장 아름다운 피조물은 하나님의 통치를 받는 새

사람이다."

후산이 이스라엘 지역 여행을 다녀온 후 함께 가지 못한 필자와 竹山은 기행의 글을 부탁했다. 1988년의 일이다. 한 편 두 편 《성약출판소식》에 발표되다가 7년이 지난 지금 마지막 시가 나왔다. 영근 포도를 잘 닦아 지하실 항아리에 밀봉해 두면 잘 익은 포도주가 되듯이 이제 개봉된 그 포도주로 향연을 베풀게 되었다.

그런데 향연 직전, 이번에는 후산의 부탁이 필자에게 왔다. 시평이나 시 해설의 글을 써보면 어떻겠는가 하는 것이었다. 처음에는 완강히 거절했다. 시에 문외한인 사람이 그런 글을 쓰면 "죽은 파리가 향 기름으로 악취가 나게 하는 것 같이"(전 10:1) 될 것이기 때문이었다. 그러나 시는 알아도 자신의 신상과 생활을 모르는 사람에게 시평을 쓰게 하는 것은 시집을 포장하기 위한 것이 될 것이므로 싫다며 다시 부탁이 왔다. "시는 모르지만 시 밑에 감추인 후산의 생각을 드러내고, 그것으로써 향연에 참여한 독자들에게 도움이 된다면…?" 거절만 할 수는 없었다. 16년이나 함께 배우고 한 목표를 향해 걸어 나오지 않았던가?

Ⅲ

『성지 그리고 폐허』는 여행의 순서를 따라 이집트 지역, 유대 지역, 갈릴리 지역, 그리고 소아시아와 유럽의 순으로 구성되어 있다. 함께 여행하는 마음으로 그 지역들을 따라 돌아볼 수 있다.

그러나 단순한 기행시는 아니다. 기행의 감상은 뒷전에 있다. 이 시집의 특징은 신앙의 인물들이 활동했던 곳에 가서 그 신앙의 자취를 찾는 데 있다. 序에서 밝힌 것처럼,

> 시간 공간을 넘어 거룩한 통치를 받던 하나님 나라
> 아브라함, 이삭, 야곱에게 주신 언약을 기억하며
> 모세, 여호수아, 기드온, 사무엘의 충성을 되새기며
> 착한 왕, 다윗·솔로몬·히스기야·요시아를 만나고
> 선지자, 엘리야·예레미야·이사야·다니엘을 만나고
> 예수 그리스도의 사도, 요한·베드로·바울을 만나고
> 천년 암흑에 횃불을 밝힌 칼빈을 만나고 왔다
> 그 얘기를 여기 적는다

후산의 인도를 받아 신앙의 인물들을 만나다 보면 세 개의 시각(angle)이 합하여 하나의 상을 이루고 있는 사실을 발견하게 된다.

첫째는 성경적 시각이다(Ⅳ, Ⅴ). 그는 성경에서 가르치는 성지 혹은 성전에 대한 이해에 깊이 뿌리를 박고서 "성지"를 여행한다. 단순한 여행자의 감상이 아니라 성경의 교훈을 가지고 폐허가 된 "성지"를 관찰하고 있다(Ⅳ). 남들이 좋다고 평가하는 문명의 유산에 대해서도 역시 성경의 교훈으로 평가를 한다(Ⅴ).

둘째는 역사적 시각이다(Ⅵ). 후산은 전문적인 역사가는 아니지만 신앙 계승의 역사가 주된 관심사이다. 구약과 신약

성경에 기록된 신앙의 계승뿐 아니라 교회의 역사를 통해 이어오는 역사적(historic) 교회의 역사가 그의 시의 또 다른 지평이다.

셋째는 현실에 대한 시각이다(Ⅶ). 후산의 눈은 과거의 역사에 고착되어 있지 않고 항상 오늘을 향해 있다. 성경과 역사의 관점으로 현재를 조명하고 있는 것이다.

Ⅳ

'거룩한 땅(聖地)'이라는 말은 거룩이라는 말을 어떻게 이해하느냐에 따라 그 내용이 달라진다. 일반적으로는 세상의 속된 것에 대비하여 윤리적이거나 종교적이면 거룩하다고 이야기한다. 이원론적 이해이다. 그러나 성경에서의 '거룩'이라는 말은 다른 의미이다. '하나님의 어떠하심'을 이야기할 때 거룩이라는 말을 사용했다. 이사야가 본 환상에서 하나님은 "거룩하다 거룩하다 거룩하다. 만군의 여호와여 그 영광이 온 땅에 충만하도다"(사 6:3)라는 찬송 가운데 계셨다.

따라서 거룩하신 하나님과 관계가 되면 그것은 거룩한 것이다. 거룩이라는 말은 대체로 인격체에 적용하는 도덕적인 말이었지만, 성경에서 거룩이라는 말이 가장 많이 나오는 부분은 레위기에 제사법과 관계된 부분이다. 제물인 동물에 대해서도, 제단에 대해서도 거룩이라는 말을 쓴다. 동물이나 제단이 인격체는 아니지만, 거룩하신 하나님과 관계되기에 '거룩한'이라는 말을 붙이는 것이다.

이러하기에 하나님께서 당신을 모세에게 나타내시기 위해

사용하신 땅은 '거룩한 땅'이었지만 강조점은 땅이 아니라 '계시하시는 거룩하신 하나님'에 있었다. 그 시간이 지나면 목자는 신을 신고 그곳을 지날 것이었다.

따라서 이스라엘 땅을 "성지"라고 할 때는 거기에 거룩하신 하나님의 통치가 임할 때 의미가 있는 말이 된다. 하나님의 통치가 임할 때에도 강조점은 하나님의 통치에 있지 그 땅 자체에 있지는 않았다. 이것은 구약 이스라엘의 역사에서도 확정된 사실이다. 남 유다 왕국이 바벨론에게 멸망을 당할 때 이스라엘 백성들은 하나님의 임재의 상징인 성전이 있기에 예루살렘이 멸망당하지 않을 것으로 생각했다. 그러나 예레미야는 그들이 하나님을 '청종'치 않고 '하나님의 법'을 순종하지 않았기 때문에, 즉 하나님의 통치에 순종하지 않았기 때문에 성전도 예루살렘 성도 멸망당할 것을 예언하였다 (렘 26:1-7). 이 예언 때문에 예레미야는 많은 고난을 겪었으나 이스라엘의 역사는 그 예언대로 진행되었다. 하나님의 통치의 실재가 없고 껍데기만 붙들고 있었을 때 하나님께서는 그 호화롭던 솔로몬 성전도 시온 성과 함께 폐하신 것이었다.

역사가 더 진행되어, 하나님께서 시온에 통치의 보좌를 두시고 이스라엘을 통해 하나님 나라를 나타내시던 구약의 경륜이 끝났을 때에는 이스라엘은 다른 나라와 하나도 다를 것이 없게 되었다. 아브라함의 자손이 되는 것은 돌을 들어서라도 아브라함의 자손을 만들 수 있는 하나님의 자비와 능력에 있음을 깨달았던 이스라엘 자손은 신약 교회의 초석이 되었지만, 성전과 율법을 들어서 거국적으로 예수님과 스데반을 고소하고 죽였던 국가로서의 이스라엘은 멸망을 당하고 흩어지게 되었다(참고. 마 27:61 ; 행 6:13).

신약 시대에 하나님의 백성으로 들어온 이방인 기독교인들은 과거에 하나님의 통치가 있었던 예루살렘을 어떻게 생각했을까?

바울은 유대주의자들의 속임으로 고통을 당하는 갈라디아 교인들에게 이렇게 이야기한다.

"이 하가(하갈)는 아라비아에 있는 시내산으로 지금 있는 예루살렘과 같은 데니 저가 그 자녀들로 더불어 종노릇 하고 오직 위에 있는 예루살렘은 자유자니 곧 우리 어머니라"(갈 4:25-26).

히브리서 기자는 또 이렇게 밝힌다.

"그러나 너희가 이른 곳은 시온산과 살아계신 하나님의 도성인 하늘의 예루살렘과"(히 12:22)

신약 어느 곳에서도 지상의 예루살렘이나 헤롯의 성전을 신앙의 메카로 이야기하는 곳은 없다. 성전으로 표상된 그리스도께서 오셔서 구원의 대업을 이루셨기에 새로운 실체가 왔고, 그림자는 지나갔다. 지상의 예루살렘은 가고 대신 '위에 있는 예루살렘' '하늘의 예루살렘'이 있다. 부활하신 그리스도께서 하나님 우편에서 통치하고 계시고, 그의 통치를 받는 교회가 곧 성지인 것이다.

이러한 성경의 교훈에 기초하여 후산은 이렇게 노래한다.

그러나 하늘에 계신 예수께서 교회를 세우시고 있어

오늘도 교회는 서 가고 있다

큰소리 내지 않고 사람들이 세우지 않는

주님의 거룩한 통치가 임하는 교회가 있다

—「서머나」에서

序詩에서 천명한 것처럼, 오늘날 성지라고 부를 수 있는 곳은 '지금 거룩하신 하나님의 통치가 임하는 땅'이다. 어제나 오늘이나 영원토록 동일하신 하나님의 통치가 임하는 땅이 곧 성지인 것이다. 과거의 "성지"는 인용 부호가 있는 "성지"일 뿐이고, 하나님의 통치와 무관하기에 '폐허'가 되었다. 그러나 하나님의 통치는 지금도 계속되고 있다. 이러한 사상이 시의 주조를 이루고 있음을 설명하는 데에는 몇 구절의 인용으로 충분할 것이다.

24일 동안의 긴 여정, 찾아간 곳은 모두

거룩하신 하나님의 통치가 임하였던 성지(聖地)였다

그러나 그 성지 어느 곳에도

거룩하신 하나님께서

임재하신다는 증거가 없었다

하나님 말씀은 외면되고 그곳 사람들은

"하나님? 하나님이 누군가?" 하는 눈빛이었다

하나님의 거룩하신 통치가 임하던 땅을 돌아보며

주님의 통치를 외면하는 폐허(墟)를 돌아보며
오늘의 성지 서울 한 모퉁이 셋방에 임(臨)하시는
주님의 거룩하신 통치를 찬송하고 또 찬송하였다

— 「序詩」에서

이사야의 외침 소리도 사라지고
예레미야의 눈물도 말라 버리고
여호와의 임재 기억도 가물가물
허물어진 성터 아랍상점이 즐비

주께서 우시며 예루살렘의 멸망을 경고하던 날
그날이 지나고
많은 밤이 지나고
2천 년 밤이 지나면서
예루살렘은 폐허가 되었다
예루살렘에는 돌이 많이 있다
죄 있는 사람에게 던질 돌이 많이 있다
예루살렘은 돌에 맞아 죽어 돌덩이만 뒹구는
폐허가 되었다

— 「예루살렘 Ⅱ」에서

　　종교적인 것을 거룩이라고 본다면 오늘의 예루살렘도 "성
지"는 될 것이다. 그러나 그러한 거룩 개념은 성경과 무관한
것이기에 성경의 시각에서 보면 종교 행사장이 된 예루살렘

이나 이스라엘은 '폐허'에 불과하다. 구약의 하나님의 경륜이 끝났기에 성지가 아닐뿐더러 사람들의 종교 행사장이 되었기에 폐허라는 사실이 확정되었다.

후산은 역설적으로 표현한다.

가이샤라 빌립보에는
사람들이 세운 교회 건물이 없다
신앙고백 터는 2천 년 세월 변함없이
이스라엘에 오직 한 곳 성지로 남아 있다

— 「가이사랴 빌립보」에서

V

기독교에 대해 비판적인 시각을 갖고 있는 단순한 인문주의자라면 성지를 폐허라고 질타하는 후산의 시에 전적으로 공감할 것이다. 그러나 이 시집에는 인문주의자들로서는 받아들이기 어려운 부분이 있다. 아니 이해할 수 없는 부분이 있다.

『문화사』를 펼쳐 보면 이집트 문명의 찬란함이 나일강의 치수(治水)와 관계하여 언급되고 있고 피라미드도 긍정적으로 서술되고 있다. 피라미드를 만든 것은 영혼 불멸 사상이 있었기 때문이며 영혼 불멸과 내세에 대한 신앙이 있었기 때문에 이집트인들이 도덕적인 생활을 영위하였고, 영혼불멸 사상이나 이시스와 오시리스의 부활 사상은 기독교에도 영향을 주었다고 이야기한다. 피라미드를 만들면서 노예가 희

생되기는 했지만, 기중기도 없던 시대에 그러한 것을 만든 것을 보면 수학과 과학이 상당히 발달했음을 알 수 있었다고 긍정적으로만 이야기한다. 그러나 후산의 눈에는 인간의 무지와 죄악이 쌓인 모습일 뿐이다.

그래,
죽을 사람의 집을 산 사람들이 지었다
죽음의 집을 지으며 산 사람들이 죽어 갔다

저기 쌓인 돌의 수보다 많은
사람들의 목숨을 쌓아 올린 피라미드
해 뜨는 아침부터 해 지는 저녁까지
소년 때부터 허리 고부라지는 늙을 때까지
돌덩이를 나르고 다듬고 쌓느라 인생을 버리는
죽은 시체 하나 묻으려 어마어마한 돌무덤을 만드는
인간의 무지와 죄악을 차곡차곡 쌓아서
5천 년 동안이나 보여 주고 있는 피라미드

사막 위에 우뚝 서 있는 피라미드는
인간의 무지, 거대한 죄악의 덩어리다
결코 위대한 유산도 걸작도 불가사의도 아니다
아무것도 아니다 돌무덤이다
피라미드는
언제까지 거기 거대한 몸으로 서서

인간의 무지와 죄악을 차곡차곡 쌓은

모습을 보여 줄 것인가?

— 「피라미드」에서

　고대 철학과 민주주의의 근원으로 알려진 희랍 문명에 대해서도 그 한계를 지적한다. 인문주의자들은 만물의 근원을 추구하는 고대 철학자의 노력을 중요하게 생각하지만, 후산은 그 결과 역시 혼돈뿐이었음을 날카롭게 지적한다.

만물의 근원은 물이다

… 中略 …

"사람은 무엇인가?" 물었다

인간은 만물의 척도다

인간의 목표는 행복이다

행복해지기 위하여 Sophia를 Philo해야 한다

그러기 위해서 너 자신을 알아야 한다

아 모르겠다

혼돈이다

　"있는 것은 영원히 있고 없는 것은 영원히 없다

　아무것도 존재하지 않는다.

　존재하더라도 인식할 수 없다.

　모든 판단은 진리이며 동시에 허위다"

그들은 신이 필요했다

신을 만들고 웅장한 신전을 세웠다

그러나 신들은 신전에만 앉아 있었다

— 「아레오바고 연설」에서

철학자들의 지적 활동의 목표가 인간의 행복이었고 그 결과는 궤변이었음을 지적하고, 그 해결책으로 그들에게 신이 필요했음을 지적하는 데에서 시인의 사고의 예리함이 나타나 있다. 고대 철학자들이 고대 신화로부터 완전히 독립한 것이 아니고 그들의 철학적 사고가 신화에 기초하고 있음을 정확히 지적했다. 후산은 「아레오바고 연설」에서 또한 피타고라스와 소크라테스의 예를 들어 고대 신화와 고대 철학의 관계를 잘 지적했다.

사실 탈레스가 이야기한 만물의 근원으로서의 물은 한 실험실에서 만들 수 있는 H_2O가 아니었다. 신적(神的) 성질을 지닌 물이었고, 실험의 대상으로 삼았다면 신성 모독죄로 처형을 받을 어떤 것이었다. 고대 철학자들은 자신의 행복을 추구하면서 지적 탐구를 했고, 지적 추구의 한계를 보면서 신들을 만들었지만, 그 신들은 신전에만 앉아 있는 신들이었다.

"뒷산 꼭대기에서 아프로디테 사신(邪神)"에 불과하고, 지진으로 무너지는 고린도를 구할 힘이 없었다.

VI

후산의 시는 역사적이다. 전문적인 역사적 보고라는 의미가 아니라 역사를 통하여 나오는 하나님의 경륜을 생각한다는 점에서 그의 시는 구속 역사적이다. 나일강을 보면서도 하나님의 창조, 아브라함, 요셉, 갈대 상자의 모세, 피난하신 예수님을 생각한다. 나일강도 흐르고 역사도 흐르고, 시인은 특유의 감수성으로 그것을 형상화하여 독자들을 안내한다.

그런데 그의 구속 역사적인 시각은 성경에 기록된 시대에만 국한되지 않는다. 성경 기록 이후의 교회의 역사도 동일하게 하나님의 통치의 관점에서 파악한다. 「카타콤」에서는 콜로세움과 베드로성당으로 대표되는 로마의 영광에 대비하여 조용히 하나님의 통치를 받아나간 카타콤의 성도를 구속 역사의 주체로 내세운다.

무덤에서 모였다는 사실 자체에 무슨 의미가 있어서라기보다는 사람의 힘이나 지혜나 성정으로 싸우지 않고 순결한 신앙으로 오직 주님만 의뢰하고 주의 거룩한 통치를 받았기 때문에 교회의 전범이 됨을 밝히고 있다.

> 냄새나는 깜깜한 무덤에서 할 수 있는 유일한 일
> 기도하고 찬송을 우렁차게 부르는 일밖에
> 부활의 소망을 노래하였다
> ROME의 시민권을 버리고
> 영구한 도성의 시민이 되었다
> 콜로세움의 열락(樂)을 버리고
> 선하고 순한 사랑의 공동체를 이루었다
> 시체 썩어 냄새나는 카타콤에서

무덤에서 살아나신 예수를 찬송하였다

ROME의 덧없는 영화를 버리고

하늘의 영광을 찬송하였다

— 「카타콤」에서

또한 후산은 신앙의 역사적 전승을 찾아 루터와 칼빈과 웨스트민스터 사원으로 나아간다.

바울을 괴롭히고 폴리갑을 불에 태운 사단의 회(會)는

세상 끝 날까지 하나님의 백성을 괴롭힐 것이다

초대 교회 성도들을 죽이고 또 죽이더니

천년 긴 세월을 암흑으로 만들더니

바른말 하는 Huss를 태워 죽이더니

루터와 칼빈도 죽이려 쫓아다녔다

그때 바울이 전한 복음을

Rome 믿음의 선배들 카타콤에서 지키고

어거스틴은 거짓말하는 사람들 꾸짖고

루터는 천년 어둠의 터널을 뚫고

칼빈은 보검으로 명쾌하게 적들을 무찔렀다

바울이 전한 복음이

조금도 흐려지지 않고 역사의 강을 타고 흘러

동자동에 뿌리를 내리고 강변까지 흘러온 것은

하늘에 계시는 예수께서 통치하시는 까닭이다

— 「서머나」에서

위대한 성당은 건축비가 필요하였다

머리 좋은 사람이 꾀를 내었다

면죄부를 팔자고

나쁜 짓 실컷 하고도 천당에 가는 길

회개하지 않고도 천당에 가는 길을 내었다

돈으로 사람의 힘으로

천당문을 열겠다고?

루터는 외쳤다

"하나님의 말씀은 누구나 읽을 수 있고

 누구나 하나님께 예배하고 찬송할 수 있다"고

감히 95개조 의견서를 제출하여 교황을 화나게 하였다

천년 어둠에 햇불을 밝혔다

긴- 어둠의 굴을 벗어나라 외쳤다

참말을 하였다

— 「베드로 성당」에서

후산은 중세를 천년의 암흑 시기로 규정한다. 종교적인 면에서는 분명히 암흑시대이다. 그러나 다른 면에서는 상당히 역동감이 있던 시대였음을 중세사의 개괄을 통해서도 금방 알 수 있다. 중세 초기에는 게르만, 노르만, 사라센, 훈족 등이 유럽을 계속 침입했기 때문에 유럽은 존재 자체가 불확실하였다. 그러나 10세기를 지나면서부터는 안정을 되찾았고, 그러한 경제적 정신적 안정에 기초하여 대규모의 '성지 여행'을 하였다. 1095년부터 약 200년간 계속된 십자군 전쟁이 바로 그것이다. 이 전쟁은 일반적인 종교심에 편승하여 교황이 부추겼기에 일어난 것이지만, 동시에 유럽이 경제적으로 부흥하였고 축적된 것이 있었기 때문에 이전에 유럽을 침략했던 회교도를 재공격할 수 있었다. 암흑시대라는 이름에 걸맞지 않게 보이는 스테인드글라스의 거대한 성당 건물 역시 유럽의 경제적 토대 위에서 가능한 것이었다. 따라서 경제적인 면에서는 결코 중세를 암흑시대라고 볼 수 없다.

그러나 그러한 경제적 힘을 그릇된 교훈으로 인도한 점에서는 분명히 암흑시대인 것이다. 종교 개혁 당시에 유행한 면죄부도 원래는 십자군 전쟁에 참여한 사람들에게 참가의 공적(merits)으로 주기 시작했던 것이다. 교황의 위세를 외적으로 높이기 위해 십자군 전쟁을 일으키면서 "성전(聖戰)" 참가의 공로로 구원을 보장해 주는 해괴한 일이 발생한 것이었다. 회교도와 비슷하게 "성지 순례"를 강조했고, 그러면서 가시적인 것 '성지'를 신앙의 대상으로 삼음으로써 계시 종교의 독특성을 허물어 버린 점에서 중세는 암흑시대이다. 경제적으로는 힘이 있었지만, 구원의 도리가 흐려지고 말씀의 빛이 어두워진 점에서 중세 1000년은 "긴 어둠의 굴"이었고 루터나 칼-빈 선생은 어둠에 횃불을 밝힌 분들인 것이다.

Ⅶ
후산은 성경 교사도 역사가도 아니다. 오늘을 살고 있는 하나님의 백성으로서 오늘의 문제를 안고 씨름한다. 오늘 어떻게 하나님의 통치가 임하는 거룩한 사회를 찾아 나갈 수 있는가가 그의 관심사이다. 따라서 그러한 것과는 거리가 먼 종교적 현상은 비판의 표적이 된다. 외적으로는 번성했더라도 – 사실 외적인 번영은 경제적으로 그것을 뒷받침할 수 있을 때 가능하다 – 거짓 교훈과 그릇된 종교열에 기초했을 때는 '폐허'에 지나지 않는다.

> 사람의 철학과 지혜로 진리를 막더니
> 하나님의 말씀을 사람의 생각으로 해석하더니
> 성경을 하나님의 말씀을 포함한 책이라 하더니
> 교회를 사람들이 세우고 있다
> 교회를 기업으로 바꾸어 놓았다
> 교회를 종교 행사장으로 바꾸어 놓았다
>
> ― 「서머나」에서

그러나 개신교에 속했으면서도 역사의 교훈을 망각하고 동일한 잘못을 범하는 현실은 훨씬 더 안타깝다.

> 지금도
> 목사들은 장로들은 베드로성당을 지으려고
> 밤마다 꿈꾸고 새벽마다 기도한다
> "제일 큰 예배당을 짓게 하옵소서"
> "교인은 몇 명입니까? 헌금은 얼마나 걷힙니까?"
> 너도나도 한몫하려고 서슴없이 묻고 대답한다
>
> ― 「베드로 성당」에서

후산은 속임을 현대의 중요한 특징으로 지적한다. 경제의 문제가 아니라 속임이 현대의 중요한 특징임을 예리하게 간파하였다. 신학에서도 속임이 있지만 신앙이 물신화(物神化)하는 것도 속임인 것이다.

사단은 아담과 하와를 속인 때부터 끊임없이
모든 사람을 속여 진리를 버리게 하였다
사단은 하와에게 말하였다
너희가 결코 죽지 아니하리라 너희가 그것을 먹는 날에는
너희 눈이 밝아 하나님과 같이 되어…(창 3:4-5)
오늘도 사람들은 말한다
　노아 홍수, 소돔 고모라 멸망은 신화다
　홍해를 건너고 만나를 먹은 얘기는 문학이다
　엘리야가 하늘로 올라간 것은 희망이다
　동정녀 탄생, 부활은 믿음의 대상이다
　교황은 사람과 하나님의 중보자다
　성경은 하나님의 말씀을 포함한 책이다
　　　　　　　　　　　　　　　　— 「골로새」에서

후산의 예리한 지적은 현대 문명으로도 향한다. 「여리고」에서는 사막에 주신 오아시스로 만족하지 않고 안정을 찾아 성을 쌓은 것을 비판하고, 또한 「사해」 「고린도」 「Rome」 등에서는 향락 추구적인 현대 사회를 비판한다.

지금

소돔과 고모라는 지구촌 곳곳에 퍼져 있다

로마, 뉴욕, 파리, 런던, 홍콩, 동경, 서울

미구(未久)에

지구촌은 사해가 될 것이다

— 「사해」에서

그대는 아는가

주께서 조금만 흔들면

한 줌 콘크리트 가루가 되는 것을

거추장스런 쓰레기가 되는 걸

사람들은 알고 있는가

— 「고린도」에서

　후산의 비판에서 주목할 만한 점은 그가 비판 자체를 즐기지 않는다는 점이다. 그는 하나님의 통치에 대한 분명한 확신이 있다. 이름을 들어 분명히 밝히지는 않았지만, 자신도 그 무리에 속해 있다.

그때 바울이 전한 복음을

Rome믿음의 선배들 카타콤에서 지키고

어거스틴은 거짓말하는 사람들 꾸짖고

루터는 천년 어둠의 터널을 뚫고

칼빈은 보검으로 명쾌하게 적들을 무찔렀다

210

바울이 전한 복음이

조금도 흐려지지 않고 역사의 강을 타고 흘러

동자동에 뿌리를 내리고 강변까지 흘러온 것은

하늘에 계시는 예수께서 통치하시는 까닭이다

— 「서머나」에서

기운을 차린 엘리야 다시 선지자 길을 나섰다

거친 길 피곤하여도 생수가 기다리고 있다

영구한 도성으로 가는 나그네가 7천 명이나 있다

… 中略 …

America, Korea 지구촌 구석구석에 7천 명쯤은

주를 따르는 사람들이 살고 있을 것이다

— 「갈멜산」에서

후산은 하나님의 통치를 가까이에서 받고 있고, 그러한 교회에 속하여서 지나간 역사와 지금의 사회를 보고 있다. 그가 '비슷하나 아닌 것'을 그처럼 예리하게 식별할 수 있는 것도 그러한 사회에 속한 생활 경험이 있기 때문이다. 이 점에서 한 시인으로서만 교회나 현대 문명을 비판하는 것과는 다르다.

또한 그는 시인으로서 자신의 모든 것을 다 할 수 있다고 자임하지도 않는다. 그렇기에 그의 시어는 담백하다. 큰소리를 내지 않지만, 거룩한 사회에 속하여 가고 있는 행보가 현실의 경험이기에 그의 시에는 정제된 신앙의 모습이 배어 나온다.

그러나 하늘에 계신 예수께서 교회를 세우시고 있어

오늘도 교회는 서 가고 있다

큰소리 내지 않고 사람들이 세우지 않는

주님의 거룩한 통치가 임하는 교회가 있다

— 「서머나」에서

VII

한국에도 1960-70년대의 경제 성장을 배경으로 1980년
대부터는 해외여행이 비교적 자유롭게 되었고 기독교 신문
에는 항상 '성지 여행'에 대한 광고가 나오고 있다. 서점에도
'성지' 안내서가 20여 종 나와 있다. 마음만 먹으면 언제든지
전문가의 안내를 받아서 가 볼 수 있는 곳이 되었다. 경제적
뒷받침과 종교 열이 결합하여 이제는 예배당 건축이 중요한
사업이 되었고, 어떤 장로교회는 고딕식으로 예배당을 건축
했다는 것을 자랑거리로 내놓기도 한다.

이러한 시대에 성지는 어디일까? 돈과 종교 열이 속임이
어우러져 있는 곳이 '성지'인가? 하는 일을 멈추고 조용히 생
각하여 볼 과제이다.

'후산의 시 세계'는 '후산'의 시 세계이다. 그러나 한 개인
이 시 세계만은 아니다. 하늘의 예루살렘에 속하여 하나님의
통치를 맛보는 자의 시 세계는 개인의 세계만이 아니다. 이
점에서 이 시집은 같은 나그네 길을 가는 자들에게 해갈을
시켜 주는 한 모금의 생수인 것이다.

1995년 8월

〈성지 그리고 폐허〉 속에 나타난 눈물의 의미

죽산 정 병 길

후산 유영춘은 시인이다. 그의 눈은 힘이 있고 그의 마음
에는 노래가 있으며 그의 글은 멋이 있다. 불혹을 넘어 지천
명을 바라보는 나이에도 감격 잘하기가 아직 사춘기 소년 같
은 것이 그는 천상 타고난 시인이다.

후산 유영춘은 시인이기에 앞서서 신앙인이요 생활인이
다. 그는 글을 써서 밥 벌어먹지 않는다. 따라서 거의 글은 추
상적이거나 현학적이지 않고, 진부한 말장난도 없다. 그의 글
에는 생활이 묻어 있고 신앙이 배어 있다. 그의 자유혼과 파
격의 멋이 가칭(?) 후산체라는 전대미문의 독특한 서체를 만
들어냈듯이, 그의 글은 시적 정형을 취하지 않을지라도, 글
속에 들어 있는 그의 진솔함과 천진성이 그의 시를 읽는 사
람에게 감동을 주고, 그의 멋은 사람에게 생각을 심어 준다.

후산 유영춘이 이스라엘 여행을 다녀와서 〈성지 그리고

폐허)를 썼다. 카톨릭, 동방정교회의 사람이 아니더라도, 남
들은 성지순례라고 하는데, 후산은 굳이 "폐허" 순례를 했단
다. 한때 하나님의 계시가 임하였던 그곳에 세워진 갖가지
교적과 기념물들과 사람들의 생활모습(관광지로 전락한)이
그의 눈에는 한낱 폐허로 보인 것이다. 이는 시인의 기교 어
린 말장난이 아님이 그의 글에서 그의 가슴에서 우러난다.

> 동방 Korea에서 온 나그네
> 복음이 말라 버린 폐허 안디옥을 거닐다
>
> ―「안디옥」에서

　천지보다 크신 거룩하신 하나님께서 우리의 죄를 위하여
화목제로 그 아들을 보내심으로 인간 사랑함을 먼저 보이
셨는데, 그 사랑이 최초로 임하고, 그 소식이 전파되었던 그
땅의 서민들이 이러한 고귀한 은혜는 외면한 채, 돈 있는 사
람은 건물 지어 관광사업하고 돈 없는 사람은 "one dollar
pleas" 하고 먼 곳 동방에서 온 나그네를 따라다니는 그곳이
정녕 폐허였다.
　폐허를 바라보는 시인의 눈에는 눈물이 괴었고, 그의 눈물
은 분노로, 조소로, 또 짙은 페이소스로 나타난다.

> 이사야의 외침 소리도 사라지고
> 예레미야의 눈물도 말라 버리고
> 여호와의 임재 기억도 가물가물

허물어진 성터 아랍상점이 즐비

　　　　　　　　　　　　　　　— 「예루살렘Ⅱ」에서

마을은 텅 빈 듯 사람들 보이지 않고

아랍 소년 하나 "One Dollar Please"

먼 곳 동방에서 온 나그네를 따라다닌다

　　　　　　　　　　　　　　　— 「베다니」에서

머리 좋은 사람이 꾀를 내었다

면죄부를 팔자고

나쁜 짓 실컷 하고도 천당에 가는 길

회개하지 않고도 천당에 가는 길을 내었다

　　　　　　　　　　　　　　　— 「베드로 성당」에서

　후산은 폐허의 폐허 됨을 말하는 것만으로 은근히 즐기거
나, 자신은 거기서 제외된 사람으로 자기를 나타내는 일 따
위는 하지 않는다. 그의 폐허관은 일관성이 있고 따라서 때
때로 자기반성적이다.

하나님 아버지의 뜻을 이루기 위하여

간절히 기도하시던 언덕

피눈물의 기도터 겟세마네동산은

늙은 올리브(감람)나무 동산이 되었다

누가

주님의 뜻을 알았던가

주님의 고통을 헤아릴 수 있었던가

그때

예루살렘 동편 언덕

감람나무 숲에서

제자들은 꾸벅꾸벅 졸고 있었다

— 「겟세마네 동산」에서

　후산이 복음의 유무로 본질과 형식, 귀한 것과 천한 것, 참된 것과 거짓 것을 구별하며, 일관성 있게 자기 생각을 밀고 나가면 슬퍼할 것을 슬퍼하고, 기뻐할 것을 기뻐하고 노래할 것을 노래할 수 있었던 것은 그가 말씀으로 말미암아 하나님의 통치가 임하는 주의 몸 된 교회에 속하여, 그 교회의 일원으로 끊임없이 가르침과 훈육을 받았기 때문이다. 그는 단순한 성경의 학습자나 감상자가 아니다. 그는 하나님의 말씀에서 교훈을 얻고, 하나님의 말씀이 꾸짖는 준열한 책망 앞에 자신을 겸손히 내맡기고, 하나님 말씀의 바르게 함과 의롭게 함 속에서 소망을 바라보는 신앙인이다. 후산은 이렇게 노래한다.

　　주의 가르침은 권세가 있었다

　　서기관들과 같이 아니했다

세상의 교훈이 하잘것없음을 알려 준다
사람들의 철학이 허망한 것을 알게 한다

산언덕에서 가르치신 말씀은
2천 년 세월
천둥소리보다 크게 울렸다
언(言)
행(行)
심(心)
사(思)
정확한 자리를 매겨 준다
똑바른 길을 가리켜 준다
이르러야 할 곳을 보여 준다

— 「갈릴리」에서

이같은 후산의 노래의 저변을 이루는 그의 신앙은 그의 생활 감정 속에 이미 나타난다. 그는 이 땅에서 많은 폐허를, 한국의 정치, 사회, 경제 속에서, 또 자신이 근무하는 근무처에서 느껴온 사람이다. 그는 정치란 니전투구라 했는데, 오늘날 그의 혜안이 메스컴을 통하여 증명되고 있다. 그는 회개함 없이 그리스도 없이 사람의 노력으로, 뜻으로 교회 일치를 이루려는 에큐머니컬 운동에 대하여 맹렬한 공분을 말하였다.

사위(四)는 조용하다

지금
소돔과 고모라는 지구촌 곳곳에 퍼져 있다
로마, 뉴욕, 파리, 런던, 홍콩, 동경, 서울
미구(未久)에
지구촌은 사해가 될 것이다

— 「사해」에서

성을 높이 쌓고
그 안에서 못된 짓을 하면 감춰질 줄 알았나 보다
성을 든든하게 쌓고 힘센 사람들이 지키면
영구한 도성이 될 줄 알았나 보다
성을 쌓으며 함께 땀 흘리고
흩어지지 말자고 굳게 약속하면
통일이 되는 줄 알았나 보다

— 「여리고」에서

그러므로 그가 간 사해와 여리고에 서울이 있고, 또 서울에 사해와 여리고가 있었다.

폐허를 보며 그는 눈물을 흘렸다. 그의 눈물은 조소와 분노와 페이소스로 나타난다. 그의 이러한 시 감정은 그의 소시적 시선생인 신석정에게서 온 것일까? 석정은 감수성이 풍부한 시인이다.

가을날 노랗게 물들인 은행잎이

바람에 흔들려 휘날리듯이

그렇게 가오리다

임께서 부르시면…

호수에 안개 끼어 자욱한 밤에

말없이 재 넘는 초승달처럼

그렇게 가오리다

임께서 부르시면…

— 「임께서 부르시면」에서

석정의 시속에는 끝없는 적막과 허무가 맴돈다. 인생에 대한 진솔한 관조가 그의 시의 서정성을 만들고 있다.

후산의 눈물 속에서, 그의 분노 속에서 성전과 예루살렘을 향한 예수님의 분노와 눈물을 읽는다. 그리스도의 몸 된 교회의 한 분자로 서 있으며 그리스도의 통치가 임하는 교회에 소망을 둔 후산의 시속에 폐허의 여지가 더욱 넓어가고, 그 넓어진 넓이 만큼 그의 눈물도 많아질 것이다. 그는 시인이자 신앙인이요, 생활인이기 때문이다.

1995. 10.

『성지 그리고 폐허』를 감상하며

최 혜 경

유영춘 선생님께서 예수님과 믿음의 선진들 발자취를 찾아가신 그 자취를 따라 한 사람의 독자로서 따라갑니다. 시공(時空)을 초월하여 일어난 일들을 시공 안에서 더듬어 찾아가신 그 길의 여정에 가담하듯 말입니다.

읽어가며 거듭 묻게 됩니다. "무엇을 찾아 그 길을 떠나셨을까? 그 길의 끝에서는 무엇을 발견하셨을까?" 여행 후 7년이라는 긴 시간의 공백을 지나 시집을 출간하신 후에는 또다른 생각들이 여과되셨으리라 생각도 듭니다. "무엇이 달라졌을까?"

단순한 기행 시집이 아니고 구·신약 성경의 인물과 사건, 말씀들을 담아낸 시구들을 묵상하며 끊임없이 경종의 소리를 듣게 됩니다. 성지 순례가 폐허 순례가 된 근본적인 질문을 시인께서 계속해서 물으며 도상(途上)에 계셨듯이 독자 또한 그 물음의 커다란 반향에 젖습니다.

황량한 광야 가운데 있는 오아시스의 은총을 죄악의 도가니로 바꾼 여리고 성의 심판과 몰락, 언약과 율법을 받은 특혜를 선민의식과 종교의식으로 변질시킨 완고한 맛사다 성의 처참한 결말과 그 흔적, 그리고 영원한 도성의 이름 예루살렘- 이스라엘의 종교적 자부심에 찬 도성, 수많은 선지자들의 호소와 눈물이 서려 있고 주께서 그 사역을 완성하신 곳, 사도들의 가르침으로 세워진 첫 교회의 터- 이곳들이 폐허가 되고 종교 관광지가 되어 버린 오늘 무엇을 배워야 할지를 생각하게 됩니다.

> 24일 동안의 긴 여정, 찾아간 곳은 모두
> 거룩하신 하나님의 통치가 임하였던 성지(聖地)였다
> 그러나 그 성지 어느 곳에도
> 거룩하신 하나님께서
> 임재하신다는 증거가 없었다
> 하나님 말씀은 외면되고 그곳 사람들은
> "하나님? 하나님이 누군가?" 하는 눈빛이었다
>
> 하나님의 거룩하신 통치가 임하던 땅을 돌아보며
> 주님의 통치를 외면하는 폐허(墟)를 돌아보며
> 오늘의 성지 서울 한 모퉁이 셋방에 임(臨)하시는
> 주님의 거룩하신 통치를 찬송하고 또 찬송하였다

이보다 더 애통해야 할 상황이 있을까? … 주님의 임재와 통치가 있었던 곳, 지금이라도 그 영광의 빛을 간직한 파편이라도 파헤쳐 찾아낼 수 있다면! 주님이 임재하셔서 통치하시는 교회, 그곳이 성지이며 자연 만물의 아름다움을 예찬하지만 하나님의 통치를 받는 새사람이 가장 아름다운 피조물이라는 선생님의 말씀에 깊이 공감하게 됩니다.

예수님이 육신으로 이 땅에 찾아오신 곳- 베들레헴, 나사렛, 베다니, 가나, 갈릴리호숫가, 요단강은 오히려 조용한 가운데 나그네 시인의 주님에 대한 묵상을 돕는 장소들이 된 것 같습니다. 특별히 예수께서 베드로의 입을 통해 기대하신 바, "주는 그리스도시요 살아계신 하나님의 아들이시니이다" 신앙고백을 들으시고 교회를 세우실 뜻을 밝히신 곳, 가이사랴 빌립보는 교회 건물이나 종교 유적이 없이 진정한 성지로 남아 있는 것 같습니다.

예수님의 부르심을 따라 이방 땅에 복음을 전하기 위해 육·해로를 가리지 않고 발걸음을 옮겼던 사도 바울의 발자취들을 따라가며 나그네께서는 사도의 심정을 엿보며 뜨거운 가슴을 품으셨겠습니다. 그만큼 그 폐허의 잔해는 더욱더 깊이 충격을 남깁니다. 이슬람교의 왕성한 세력하에 들어간 요한계시록 일곱 교회들의 폐허를 보며 두려움과 깊은 슬픔이 이는 것은 저희도 그런 역사의 과정 중에 있다는 엄연한 현실을 생각하지 않을 수 없기 때문입니다. 사도들의 뒤를 이어, 유·무명의 복음 전도자들이 피와 땀과 눈물을 흘리며 주님의 교회를 세웠지만 그 결과들은 참으로 허망합니다.

사람의 철학과 지혜로 진리를 막더니

하나님의 말씀을 사람의 생각으로 해석하더니

성경을 하나님의 말씀을 포함한 책이라 하더니

교회를 사람들이 세우고 있다

교회를 기업으로 바꾸어 놓았다

교회를 종교 행사장으로 바꾸어 놓았다

사도 바울이 골로새교회에 준 경계의 말씀 "철학과 헛된 속임수를 조심하라"는 외침이 저희 귀에 공명(共鳴)되기를 바랍니다.

그러나 하늘에 계신 예수께서 교회를 세우시고 있어

오늘도 교회는 서 가고 있다

큰소리 내지 않고 사람들이 세우지 않는

주님의 거룩한 통치가 임하는 교회가 있다

이 증거와 같은 주님의 역사가 지금도 진행되고 있어 주님의 나라와 그 백성들에 대한 약속이 성취되어 감을 교회를 통해 배워갑니다.

시인의 방에 놓여진 돌들과 같이 그렇게 모인 교회. 파도에 깎이고 시냇물에 씻기우고 비바람에 닳아버려 저마다의 이야기를 안고 각기 각처에서 찾아온 형형색색의 돌들과 같이 교회로 모여 주님의 임재와 통치를 보고 겪는 은혜의 시간과 공간을 점하고 있음에 깊은 감사와 감동을 느낍니다.

그러면서 "하나님이 능히 이 돌들로도 아브라함의 자손이 되게 하시리라(마 3:9)"는 선지자 세례 요한의 외치는 소리를 연상하지 않을 수 없는 절박한 마음도 듭니다. 에베소교회에 주신 예수님의 책망 "너의 처음 사랑을 버렸느니라 회개하지 아니하면 네 촛대를 그 자리에서 옮기리라(계 2:4-5)"는 말씀대로 그 촛대를 옮겨가신 자취들을 더듬어 다시 당산동에 거처한 교회로 돌아오신 선생님의 길을 따라왔습니다. 구약의 성도들이 하나님이 약속하신 메시아를 기다렸듯이 신약의 성도로서 다시 오실 그리스도를 소망하며 새해의 발걸음을 내딛습니다.

시들을 읽어왔다지만 시집을 이렇게 한 묶음으로 집중하여 읽어본 적이 없습니다. 물론 이 시집은 다른 시집과는 사뭇 다른(unique) 시집이기는 했지만요. 이 기회에 시집을 이런 방식으로 읽을 수도 있겠다는 새로운 경험을 하였습니다. 더불어 곁길로 빠진 생각이기는 하나 시어(詩語)들을 다듬듯이 일상의 언어들도 그렇게 씻겨져야겠다는 생각도 합니다. 고결하고 단정한 생활을 통해 영혼의 갈무리를 하며 깊고 맑은 샘물에서 두레박을 퍼 올리듯이 시를 지어가는 것을 선생님으로부터 배웁니다. 이 시집을 통해 성경의 말씀과 교회에 대해 특별한 방식으로 생각하고 느끼고 배웠습니다. 참으로 아름답고 의미심장한 시집을 남겨주셔서 얼마나 감사한지요!!! 감사합니다.

2010